KB238051

Dr. Jekyll and Mr. Hyde

푸른숲
징검다리
클래식
014

지킬 박사와 하이드

Dr. Jekyll and Mr. Hyde

로버트 루이스 스티븐슨 지음

이미애 옮김

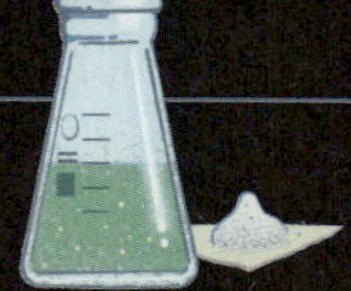

푸른숲주니어

'푸른숲 징검다리 클래식'을 펴내며

어린 시절, 할머니께서 조근조근 들려주시던 옛날이야기는 새로운 세상과 통하는 작은 창이었다. 상상의 날개를 달고 떠나는 창 너머 세상으로의 여행은 들어도 들어도 질리지 않는 재미와 마음속 깊은 곳을 울리는 감동을 선사해 주곤 했다. 그뿐 아니라 우리의 삶을 어떻게 꾸려 가야 하는지 곰곰이 생각해 보게 하는 지혜를 가르쳐 주었다. 말하자면 우리는 그 이야기들을 통해 '삶'을 배운 셈이다.

우리가 문학 작품을 읽어야 하는 까닭 또한 '삶을 배운다'는 점에서 크게 다르지 않다. 우리는 한 편 한 편의 문학 작품을 만나 사랑을 배우고, 우정을 배우고, 진실을 배우고, 지혜를 배운다.

그런 점에서 '푸른숲 징검다리 클래식'은 참 의미가 깊다. 오랜 세월을 거치며 각 나라의 문학사에 확고히 자리매김한 작품들을 한데 모았기 때문이다. 문학을 사랑하는 사람들이 즐겨 읽어 세계적인 명저로 일컬어지는 작품들……. 이를테면 우리 부모 세대, 아니 그 이전 세대부터 즐겨 읽었던 작품들로 많은 이들에게 삶의 의미와 가치를 일러주고, 또 '인생'이란 망망대해에서 등대 역할을 담당했던 것들이다.

세월이 흘러 사람들이 사는 모습도 달라지고 생각도 달라졌다. 그러나 시대와 장소를 뛰어넘어 변하지 않는 것이 있다. 바로 '삶'이다. 사람이 있는 곳이라면 어디든지 존재하는 삶은 항상 저마다의 무게를 떠안고 있다. 그 무게는 진실이라는 옷을 입고 문학 작품 속에 영원한 생명을 불어넣는다. 우리는 그것을 '고전'이라 부른다.

그러나 제아무리 훌륭한 고전이라 해도 독자가 읽고 소화할 수 없다면 아무런 소용이 없다. 지나치게 방대한 분량과 길고 어려운 문장은 책을 읽으려는 청소년들의 의지를 꺾을 뿐 아니라 좌절감마저 불러일으킨다.

'푸른숲 징검다리 클래식'은 바로 그러한 점을 염두에 두고 기획된 세계 명작 시리즈이다. 작품이 본디 지닌 맛과 재미를 고스란히 살리면서 우리 청소년들이 읽고 소화하기 쉽게 글을 다듬었다.

그리고 본문 뒤에는 현직 국어 교사들이 직접 쓴 해설을 붙였다. 작가나 작품에 대한 풍부한 설명은 물론, 그 작품들이 지니고 있는 현재적 의미까지 상세하게 짚어 보이고 있다. 아울러 해설 곳곳에 관련 정보를 담은 팁과 시각 자료를 배치해, 읽는 재미를 넘어 보는 재미까지 만끽할 수 있도록 했다.

아무쪼록 '푸른숲 징검다리 클래식'을 통해 우리 청소년들의 삶이 더욱더 깊고 풍성해지기를…….

2006년 4월
기획위원 강혜원·계득성·문재용·전종옥

│ 차례 │

제 1 장

의문의 실험실

　밖에서 보이는 집의 모습을 사람의 얼굴이라고 가정했을 때, 런던 거리에 있는 이 집은 자못 엄격하고 딱딱한 표정을 짓고 있었다. 마치 아이들이 장난을 치고 있다는 것은 알고 있지만, 정확히 무슨 짓을 하고 있는지는 모르는 선생님의 화난 얼굴 같았다. 하지만 이런 겉모습과는 달리 집 안은 꽤 평온한 편이었다.

　이 집의 주인은 헨리 지킬이라는 의사였다. 지킬은 스코틀랜드 국경 부근에 살다가 대학을 졸업하고 런던에 정착해서 몇십 년 동안 이 집에서 살아왔다.

　집안 살림은 하인들 몇 명이 관리하고 있었다. 조용하고 성실한 집사 풀이 전체 살림을 맡고 있었으며, 요리사와 하녀, 하인들이 각자의 일을 담당하고 있었다. 그들은 지킬을 친절하고 사려 깊은 주인으로 생각하고 있었으므로 주인을 섬기는 데 최선을 다했다.

이 집의 건물 옆을 끼고 돌아가면 널찍한 마당이 있었다. 마당의 한쪽에는 돌이 쌓여 있었고, 다른 한쪽에는 채소가 자라고 있었다. 맞은편에는 작은 건물이 한 채 있었다. 예전 주인이었던 외과 의사가 해부실로 쓰려고 만든 장소로, 이곳에서 실제로 해부를 하기도 하고 학생들에게 해부학을 가르치기도 했다. 지킬은 이 건물을 자신의 실험실로 개조해 다양한 의학 실험을 하곤 했다.

어느 늦은 밤, 그날도 그는 실험에 몰두하고 있었다. 집안 사람들은 모두 잠자리에 들었지만, 작은 건물의 창문에서 흘러나오는 불빛은 밤늦도록 꺼질 줄 몰랐다. 서리가 뿌옇게 낀 유리창을 닦아 내고 들여다보면, 한창 실험에 열중하고 있는 지킬의 모습이 보일 터였다.

그는 작업대 위로 몸을 굽히고 있었다. 약간 긴 은빛 머리카락이 이마 위로 흘러내리면, 얼른 고개를 흔들어 머리카락을 뒤로 넘겼다. 한 손에는 투명한 핏빛 액체가 반쯤 담긴 유리 비커를 들고 있었고, 다른 한 손에는 희고 고운 가루가 소복이 쌓여 있는 종이를 조심스레 들고 있었다. 그는 아랫입술을 지그시 깨문 다음, 정신을 집중해서 액체 속에 하얀 가루를 조금씩 조금씩 흘려 넣었다. 잠시 후 액체의 표면에 거품이 일었다. 지킬이 비커를 천천히 흔들자, 액체는 빠르게 검푸른색으로 변해 갔다.

그는 가루를 조금 더 털어 넣은 다음, 액체의 반응을 살펴보면서 조금씩 더 넣었다. 마침내 가루를 전부 털어 넣고 나자, 비커 안의 액체는 흙탕물처럼 더러운 갈색을 띠었다.

지킬은 주위를 슬며시 돌아보았다. 마치 누군가가 창문 너머로 자신을 주시하는 듯한 느낌을 받기라도 한 듯이. 그러고는 오래 참았던 양 긴 한숨을 천천히 내쉬었다.

그는 액체가 잘 섞이도록 비커를 몇 번 더 빙빙 돌린 뒤, 자리에서 일어나 작은 방으로 연결되는 층계를 올라갔다. 그 작은 방은 지킬이 중요한 자료들만 따로 모아 놓은 연구실이었다. 그는 방 안으로 자취를 감추었다. 하지만 조금 열려 있는 문틈으로, 깜박이는 촛불에 비친 그의 그림자가 연구실의 벽에 너울거리는 것이 보였다.

잠시 아무것도 보이지 않고 어떤 소리도 들리지 않았다. 그러다 갑자기 고통과 절망이 뒤범벅된, 한번 듣고 나면 절대로 잊지 못할 만큼 강렬한 소리가 터져 나왔다. 사나운 짐승이 울부짖는 것 같은 그 소리는 황량한 마당의 고요함을 순식간에 깨뜨렸다. 뒤이어 뭔가가 어딘가에 세게 부딪히는 소리와 함께 유리가 깨지는 요란한 소리가 들려왔다.

잠시 후, 계단 위 문간에 어떤 형체가 나타났다. 보통 사람에 비해 유난히 몸집이 작은 남자였다. 문에 기대어 선 그는 지킬보다 젊어 보였는데, 자신의 몸집에 맞지 않는 큰 옷을 걸치고 있었다. 자칫 우스꽝스럽게 보일 만한 차림새였지만 그의 인상 때문에 절대 그렇게 보이지 않았다.

딱히 못생긴 외모는 아니었지만 너무도 강렬한 악의와 잔인함이 얼굴을 뒤덮고 있어서, 그 얼굴을 잠깐이라도 본 사람이라면 누구나 숨이 확 막힐 법했다. 문틀을 잡고 있는 손가락들은 분명 인간의 것이었지만 맹금류의 날카로운 발톱을 떠올리게 했다.

이제 이 사내는 문을 밀치고 똑바로 설 수 있을 정도로 기운을 차렸다. 어떤 사나운 힘이 이자의 왜소한 몸뚱이 속으로 꿈틀거리며 들어가고 있었다. 마치 당장이라도 폭발해서 순식간에 폭력을 휘두를 것 같아 보였다.

그가 증오심으로 이글거리는 얼굴을 들자, 흉악하기 이를 데 없는 두 눈이 드러났다. 검고 냉혹한 그 눈은 끝없이 이어지는 암흑의 입구 같았다. 그 눈은 정면을 똑바로 응시하고 있었다.

제 2 장

거리에서 벌어진 일

가브리엘 어터슨은 중년 신사로, 변호사였다. 그는 진지하고 엄격한 성격이었으며, 사람들과 대화를 나눌 때에도 결코 가볍게 웃는 일이 없었다. 어찌 보면 심심하고 따분한 사람으로 비칠 수도 있었지만, 그에게는 어느 누구도 미워할 수 없게 만드는 묘한 매력이 있었다.

그의 매력은 사람들이 모여 담소를 나누는 자리에서 여실히 드러났다. 말을 거의 하지 않기 때문에 다 같이 어울리는 시간에는 있는 듯 없는 듯했으나, 모임이 끝날 때까지 늦도록 주인의 이야기에 귀를 기울이고 있는 사람은 어터슨뿐이었다.

그는 자신에게는 몹시 엄격하게 굴었지만 남들에게는 더할

나위 없이 자상했다. 포도주를 좋아하면서도 자주 입에 대지는 않았고, 오페라 관람을 좋아하면서도 지난 이십 년 동안 극장을 몇 번 찾지 않았다. 그러나 주위에 불행한 사람이 있을 땐 망설임 없이 도와주었다. 그는 엄격함의 잣대를 철저히 자기 자신에게만 적용하였다.

어터슨은 매주 일요일마다 사촌인 리처드 엔필드와 함께 런던 거리를 산책하곤 했는데, 그는 이 시간을 매우 소중하게 여겼다. 아무리 바쁜 일이 있더라도 산책을 거르는 일은 절대로 없었다.

어느 일요일 오후, 그날도 어김없이 그들은 런던 중심부의 좁은 거리를 걷고 있었다. 상인들과 손님들로 장사진을 이루는 주중의 모습과는 달리 일요일의 시내는 한산했다. 이 거리에 상점을 연 상인들은 비교적 성공한 편이었으나, 더 크게 성공하려는 갈증 때문에 외부 장식을 화려하게 꾸미는 데 많은 공을 들였다. 마치 남자를 유혹하기 위해 치장하는 여인들과 같다고나 할까. 그러나 일요일만큼은 그러한 상점들의 화려함이 보이지 않았다. 깔끔하게 정돈된 거리는 지나가는 이들의 기분까지 상쾌하게 만들어 주었다.

중심부의 큰길을 따라 남쪽으로 걸어 내려가다 보면 막다른 골목이 하나 있었는데, 이 골목 어귀에는 을씨년스러운 이층짜리 건물이 길가 쪽으로 쑥 나와 있었다. 창문 하나 없는 이 건물에는 입구로 짐작되는 문 하나만 덩그러니 나 있었다. 그렇지만 문 앞에는 초인종은커녕 노크를 할 만한 쇠고리 손잡이조차 달려 있지 않았다.

엔필드와 어터슨은 중심 거리를 걷다가 막다른 길 근처까지 내려왔다. 골목 입구에 다다르자, 엔필드가 손에 든 지팡이를 들어 올려 썰렁한 이층 건물을 가리키며 말했다.

"혹시 저 건물에 난 문을 본 적이 있나요?"

어터슨이 고개를 끄덕이자, 엔필드가 말을 이었다.

"저 문을 볼 때면 전에 일어났던 이상한 일이 떠올라요."

"이상한 일이라니?"

"몇 달 전 친구 콘넛의 집에 다녀오는 길이었어요. 바로 여기 이 골목에서였죠."

엔필드는 이야기를 시작했다.

훌륭한 저녁 파티였다. 엔필드는 길모퉁이를 돌아 나와 건물 벽에 몸을 기댔다. 시곗바늘은 새벽 세 시를 가리키고 있었다. 살을 에는 듯한 추운 날씨 탓에 런던 시내는 몹시 황량하고 쓸쓸해 보였다. 그래서인지 거리는 사람의 발길이 뜸했다.

그는 강 건너에 있는 콘넛의 집에서 나와 이곳까지 걸어오는 동안 지나가는 사람을 딱 두 명 보았다. 그리고 딸각딸각 소리를 내며 도로 위를 지나가고 있는 전세 마차 한 대를 보았을 뿐이다.

엔필드는 건물 벽에 몸을 기댄 채 저런 전세 마차를 불러서 집까지 타고 가는 것이 더 좋지 않았을까, 하고 생각했다. 그러다 곧 어깨를 쫙 폈다. 저녁 식사 때 마신 포도주의 취기를 완전히 떨쳐 내려면 차가운 밤공기를 쐬어야 한다고 생각했던 것이다. 그의 생각대로 해 보니 역시 효과가 있었다. 끈적끈적한 풀처럼 몸을 휘감고 있던 안개가 걷히자 밤공기가 더없이 맑고 상쾌하게 느껴졌다.

엔필드는 벽에 기댔던 몸을 일으켜, 모퉁이를 돌아 낯선 거리로 들어섰다. 처음 와 본 곳인 줄 알았는데, 눈에 익은 가게의 간판이 보였다. 바로 마이터 거리였다.

그는 이곳의 낮 풍경을 훤히 알고 있었다. 한낮의 이 거리는 밤과는 완전히 다른 모습이었다. 싸구려 물건을 파는 가게들이 화려하면서도 어딘지 모르게 촌스러운 물건들을 도로 위까지 벌여 놓고 지나가는 사람들의 발목을 잡곤 했다. 물건을 에워싸고 구경하거나 흥정하는 사람들, 웃고 소리치고 옥신각신하며 말다툼하는 사람들로 거리는 늘 소란스럽고 분주했다.

그런데 가로등에서 들리는 가스 새는 소리와 엔필드의 발자국 소리만이 메아리가 되어 공중을 떠도는 이 밤에는 마이터 거리가 마치 처음 와 본 곳처럼 낯설게 느껴졌다.

그렇게 얼마나 걸었을까? 어디선가 사람 목소리가 들려왔다.

"스트라찬 선생님께 네 엄마가 얼마나 고통스러워하고 있는지 잊지 말고 꼭 전해."

도로 건너편의 인도에서 한 남자가 말하는 소리가 들렸다.

"그분께 되도록 빨리 오시라고 해, 메이블!"

"네, 아빠."

체념한 듯 대답하는 소녀의 목소리가 이어졌다. 엔필드가 잠시 멈춰 서 있자, 멀리서 소녀의 발자국 소리가 나더니 점점 가까이 다가왔다. 잠시 후 소녀의 모습이 보였다. 소녀는 가로등 아래에 서 있는 엔필드 쪽으로 열심히 달려오고 있었다. 그러나 긴 잠옷이 자꾸 다리에 감기는 바람에 연신 발을 헛디뎠다.

소녀는 예닐곱 살쯤 되어 보였다. 이렇게 늦은 시각에, 이런 추운 날씨에 밖에 나와 있기엔 너무 어린 나이였다. 엔필드는 소녀를 도와주어야겠다고 생각했다. 스트라찬 선생의 집이 어디든 간에, 그 소녀와 함께 그곳에 가 주겠다고 말이다.

그러나 그가 소녀에게 말을 건네기도 전에, 바삐 걸어오는 또 하나의 발자국 소리가 들렸다. 이 소리의 주인은 실크 모자를 쓰고 어두운 색깔의 연미복 속에 풀을 먹인 흰 와이셔츠를 입고 있었다. 목에는 나비넥타이를 맨, 몸집이 작은 사내였다. 그는 어쩌면 이미 위급한 상황을 전해 듣고 황급히 길을 나선 스트라찬이라는 의사 선생일지도 몰랐다.

사내가 가까이 다가왔을 때, 엔필드는 그의 모습에 자기도 모르게 웃음이 나왔다. 취기가 어린 상태에서 집까지 먼 길을 걸어가려는 자신도 그리 멀쩡한 정신이라고는 할 수 없었지만, 차림새만은 저 사내보다 단정해 보이는 것이 확실했다. 사내의 목에 매달린 나비넥타이는 거의 다 풀어져 움직일 때마다 흔들거리고 있었고, 셔츠에는 시커먼 얼룩이 여기저기 묻어 있었다.

엔필드는 지팡이를 빙글빙글 돌리면서 다시 어슬렁어슬렁 걷기 시작했다. 그러다 어떤 이유에서였는지는 몰라도 고개를 돌려 뒤를 돌아보다가, 때마침 길 건너편에서 벌어지는 일을 목격하고 말았다.

꾀죄죄하고 왜소한 그 사내는 의사를 부르러 가는 소녀와 동시에 모퉁이에 도착했다. 소녀는 사내의 갑작스러운 등장에 놀라 옆으로 피하려 했지만, 사내는 걸음을 멈추지 않았다. 결국 두 사람이 서로 맞부딪쳐 소녀가 넘어져 버렸다. 사내는 발치에 쓰러져 있는 소녀를 한 치의 주저도 없이 발로 짓밟고 지나갔다. 사내의 행동에는 당황스러움이나 머뭇거림이 없었다. 주변 상황이 어떻게 되든 아랑곳하지 않고 그저 자신이 원하는 대로만 행동하는 듯했다.

눈앞에서 순식간에 벌어진 이 엄청난 상황에 아연실색한 엔필드는 욕을 내뱉으며 지팡이를 쥔 손에 힘을 꽉 주었다.

"아니, 저런……."

소녀는 넘어지면서 쾅 소리가 날 정도로 머리를 세게 도로에 부딪혔다. 엔필드는 분명히 소녀의 두개골이 부서졌을 거라고 생각했다. 소녀는 고통과 충격으로 비명을 지르며 울부짖기 시작했다.

"이리 돌아오지 못해? 이 야비한 녀석아!"

엔필드가 소리를 질렀지만 사내는 그 소리에 전혀 개의치 않았다. 그리고 조금 전에 자신이 소녀에게 무슨 짓을 저질렀는지, 아무것도 모른다는 듯한 태도로 계속해서 앞으로 걸어갔다.

"이봐, 당신! 거기 서!"

엔필드는 사내를 향해 큰 소리로 외치고 나서, 도로를 가로질러 달려가 비명을 지르는 소녀를 잠시 살펴보았다. 소녀의 부상이 생각보다 심각하지 않다는 것을 확인하고는 한 손으로 지팡이를 곤봉처럼 마구 휘두르면서, 어느새 눈앞에서 자취를 감춘 사내를 있는 힘껏 쫓아갔다.

엔필드는 그 왜소한 사내가 좁은 골목의 입구로 막 들어서려고 하는 순간에 간신히 따라잡았다. 그는 지팡이를 내던지고 달려들어 사내의 뒷덜미를 움켜잡았다.

"당신, 도대체 뭐 하는 짓이야?"

엔필드가 소리쳤다.

"내 몸에서 손 떼!"

으르렁거리는 듯한 사내의 목소리는 상당히 위협적이어서, 하마터면 엔필드는 그 명령에 따를 뻔했다. 그는 사내의 옷깃을 잡은 손에 더욱 힘을 주면서 말했다.

"그렇게는 할 수 없어! 당신을 놔주기 전에, 당신이 꼭 책임져야 할 일이 있어!"

그러자 사내는 몸을 비틀어 돌아서더니 엔필드의 두 눈을 똑바로 응시했다. 살기 어린 그 시선에 엔필드는 순간 몸이 움찔해졌다. 그때 사내가 눈을 돌려 큰길 쪽을 바라보았는데, 아버지인 듯한 사람이 소녀를 품에 안은 채 달래고 있었다. 한밤의 정적을 깨뜨린 갑작스러운 소란에 길가 쪽 집들의 창에 하나둘 불이 켜지기 시작했다.

"길거리에 있는 아이 따위를 내가 알 게 뭐야?"

사내가 여전히 덜미를 잡힌 채로 조롱하듯 중얼거렸다.

"뭐라고?"

엔필드는 말을 꺼내려다 말고 사건이 벌어졌던 곳으로 사내를 끌고 갔다. 사내는 그의 손에서 몸을 빼내려고 한두 번 애를 쓰다가 하는 수 없다는 듯 순순히 따라왔다. 그곳에 도착할 때까지, 엔필드는 목덜미를 움켜쥔 손에서 힘을 빼지 않았다.

다시 돌아간 그곳에는 몇몇 사람들이 모여들어 소녀를 둘러싸고 있었다.

"메이블, 메이블."

소녀의 아버지가 소녀를 무릎에 올려놓고 머리를 끌어안은 채 연신 이름을 부르고 있었다.

"정신 차리거라, 메이블. 자, 무슨 일이 있었는지 아빠에게 말해 봐."

침을 꿀꺽 삼키고 숨을 가쁘게 몰아쉬던 소녀는, 엔필드 옆에 서 있는 사내를 보자 다시 비명을 지르기 시작했다.

"제가 봤습니다."

그때 엔필드가 말했다.

"여기 계시는 이 신사분께서……."

한껏 비꼬는 목소리로 말을 이었다.

"이 악마가, 이 비열한 짐승이 당신 딸을 땅바닥에 넘어뜨리고 짓밟는 것을 제가 봤습니다. 이런 자는 죽도록 매질을 당해도 싸요. 정말로 그렇게 했으면 좋겠습니다."

"좀 비켜 주시오."

그때 갑자기, 사람들의 무리에서 약간 떨어진 쪽에서 누군가가 말했다. 메이블의 아버지는 증오심에 불타서 사내를 뚫어지게 바라보던 시선을 거두어 소리 나는 쪽으로 고개를 돌렸다. 그리고 곧 목소리의 주인공을 알아보더니 이내 표정이 부드럽게 풀리면서 얼굴에 화색이 돌았다.

"스트라찬 선생님, 신께서 당신을 필요로 하는 곳에 당신을 보내 주셨나 보군요."

메이블의 아버지가 나지막이 말했다.

스트라찬은 엔필드와 그의 포로에게 눈길 한번 주지 않고 메이블의 아버지 옆에 한쪽 무릎을 꿇고 앉았다. 그칠 줄 모르던 메이블의 비명이 이내 잦아든 것으로 보아, 의사가 진정시킨 모양이었다. 그는 손을 내밀어 메이블의 팔다리를 만져 보고 여기저기를 부드럽게 눌러 보았다. 메이블의 가슴과 등도 세심하게 살펴보았다. 마지막으로 메이블의 머리카락 속까지 일일이 들추어 가며 조심스럽게 들여다보았다.

"내일 아이의 머리에 거위 알만 한 혹이 생길 거예요, 샘."

의사는 메이블의 상태를 모두 살피고 나서 아버지를 바라보며 말했다.

"그리고 팔뼈가 부러진 것 같은데 생명에는 지장이 없어요. 팔에 붕대를 감아 주고, 통증을 잊고 잠을 잘 수 있도록 약을 줄게요. 부목을 대는 건 내일 아침에 해도 괜찮을 겁니다."

"스트라찬 선생님."

메이블의 아버지가 말했다.

"정말 감사합니다. 하지만 선생님도 아시다시피 지금 사정이 좋지 않아서 치료비를 드릴 수가 없습니다."

스트라찬은 개의치 말라는 듯 손을 내저었다.

"그런 소리 말아요, 샘. 당신이 정직한 사람이라는 걸 알고 있어요. 당신에게 돈이 있거나 구할 수만 있다면 당연히 치료비를 낼 거란 사실도 알고 있습니다. 설령 당신이 그렇게 하지 못한다 해도 당신이 보여 주는 우정으로 충분합니다."

엔필드는 아직까지 뒷덜미를 잡고 있는 사내의 얼굴을 보지 않으려고 노력하면서 몇 분 동안 그저 조용히 서 있었다. 그 사내의 얼굴에 온몸을 얼어붙게 만드는 싸늘한 기운이 서려 있었기 때문이다.

잠시 망설이던 엔필드가 두 사람의 대화에 끼어들었다.

"우정으로 배를 채울 수는 없지요. 누구든 의사 선생에게 돈을 지불해야 합니다."

"누가 말입니까?"

스트라찬이 날이 선 목소리로 받아치듯 물었다.

"나는 이 모든 상황을 목격했습니다."

엔필드는 아까의 상황을 처음부터 끝까지 자세히 설명하고 나서 마무리를 지었다.

"내가 하고 싶은 말은, 우리가 이 악당을 경찰에 넘겨 감방에 처넣을 수도 있다는 겁니다. 아니면 어린 메이블이 겪은 고통을 충분히 보상하고, 샘이 의사 선생한테 진 빚을 갚을 수 있을 만큼 돈을 지불하라고 요구할 수도 있습니다. 아무래도 후자가 좋을 것 같군요. 백 파운드 정도면 충분하겠지요?"

그가 말을 마치자, 모여 있는 사람들 가운데에서 누군가가 중얼거렸다.

"아니면 제일 가까운 가로등 아래로 끌고 가서 목매달아 죽일 수도 있죠."

　스트라찬은 왜소한 사내를 쳐다보았다. 그 순간, 강한 거부감과 함께 이유를 알 수 없는 불안감이 확 끼쳐 왔다. 불쾌한 감정을 애써 누르며 스트라찬이 비꼬듯이 말했다.

“그 정도라면 샘에게는 굉장히 큰 금액일 겁니다. 하지만 지저분하긴 해도 저런 비싼 신발을 사 신을 수 있는 사람에게는 보잘것없는 금액일 테지요. 아무래도 백 파운드로는 좀 부족한 것 같은데…….”

　그때 왜소한 사내가 뜻밖의 말을 꺼냈다.

“기꺼이 백 파운드를 내겠소. 내 목덜미를 잡고 있는 이 지독한 괴한이 손을 풀도록 해 준다면 말입니다.”

　스트라찬은 깜짝 놀라 되물었다.

“그 말이 진심입니까?”

“내가 말한 대로요.”

“당신은 이름이 뭡니까? 전에 어디선가 본 적이 있는 것 같은데요.”

　스트라찬이 일어서면서 말했다. 사내를 바라보는 그의 눈빛에 혐오감이 서려 있었다.

“글쎄, 나는 당신을 한 번도 본 적이 없습니다.”

　사내가 말을 이었다.

“그렇게 할 거요, 말 거요? 내 마음이 바뀌기 전에 어서 결정하시오.”

"언제나 빠져나갈 방법은 있는 법이지."

엔필드가 낮은 목소리로 중얼거렸다. 몸집이 작은 사내는 순간 표정이 딱딱하게 굳었다. 그러더니 곧 긴장을 풀고는 스트라찬을 보며 이렇게 말했다.

"내 집으로 함께 가 준다면 지금 바로 당신에게 돈을 주겠소."

"나도 가겠습니다."

엔필드가 끼어들었다.

"당신 이름이 뭐요?"

스트라찬이 쉰 목소리로 사내에게 물었다.

"하이드요. 그런데 당신 같은 뒷골목 돌팔이 의사가 그걸 알아서 뭐 하시려고?"

그의 대답을 들은 스트라찬이 흥분을 감추지 못하고 대꾸하려는 찰나, 엔필드가 나서서 재빨리 샘에게 말을 걸었다.

"당신이 스트라찬 선생에게 메이블을 보내려 한 건 부인 때문이 아니었나요?"

스트라찬은 이 말을 듣자, 흥분된 기색을 누그러뜨리고 샘을 바라보며 말했다.

"샘, 앨리스가 아프다면 지금 당장 그녀를 보러 가는 것이 좋겠어요. 그다음에 이 인간이 사는 소굴로 가도록 하지요."

"마이터 코트."

스트라찬이 말을 마치자마자, 하이드는 마치 그가 자신을 풀어 주지 않고 있기라도 한 듯이 목소리에 힘을 주어 말했다. 그러고는 곧 이렇게 덧붙였다.

"내가 살고 있는 곳은 마이터 코트 2번지입니다."

"조금 뒤에 그쪽으로 가겠습니다."

스트라찬은 단호하게 대답하고는 서둘러 그곳을 떠났다.

"백 파운드라!"

하이드는 열쇠를 만지작거리며 혼잣말하듯 되뇌었다. 그는 지팡이를 계속 들고 있었는데, 엔필드는 하이드를 만난 뒤로 처음 그 지팡이를 눈여겨보았다. 은으로 만든 지팡이의 손잡이 부분이 악마의 머리 모양을 하고 있는 것이 독특해 보였다.

"당신들은 여기서 기다리시오."

하이드의 말에 엔필드는 주위를 둘러보았다. 마이터 코트는 중심 도로에서 약간 안으로 들어간 뒷골목에 있었다. 쓰레기로 뒤덮여 썩는 냄새가 진동하는 이 골목에는, 마이터 거리에 늘어선 가로등에서 흘러나오는 빛이 희미하게 비쳐 들고 있었다. 음침한 그림자들이 서로 어리어 있어서, 엔필드는 그 전에도 이곳이 마음에 들지 않았다. 때때로 오싹오싹 소름이 끼쳤는데, 그 이유가 단순히 추위 때문만은 아니었다.

"당신이 뒤쪽 출입구로 달아나 버리지 않는다고 어떻게 장담할 수 있습니까?"

엔필드가 의심스러운 기색을 내비치며 물었다.

"절대 그러지 않겠다고 약속하지요."

하이드가 대답했다. 엔필드는 그 말을 비웃기라도 하듯 코웃음을 쳤다.

"여기에는 다른 출구가 없습니다."

샘이 쉰 목소리로 말했다. 엔필드는 그가 간신히 화를 억누르고 있음을 짐작할 수 있었다.

"밖으로 이어지는 다른 출입구는 없어요."

하이드는 다시 한번 확인하듯 말하는 샘을 고마움이 담긴 눈길로 바라보았다.

이윽고 문이 열렸다.

"일 분도 안 걸릴 겁니다."

하이드는 이 말을 남기고는 순식간에 안으로 사라졌다. 그리고 놀랍게도 그는 자기가 말한 대로 금세 문 앞에 모습을 드러냈다.

"현금으로는 십 파운드밖에 없어요."

그는 샘의 손바닥에 금화를 하나씩 올려놓으면서 말했다.

"나머지는 수표로 받든지 해요."

그는 짐짓 과시하는 듯한 몸짓으로 수표를 꺼냈다. 멍한 표정으로 사내를 쳐다보는 샘을 보고 엔필드가 말했다.

"여기 이 친구는 은행의 고객이 아니에요. 당신이 수표를 준다고 해도 현금으로 바꿀 길이 없다고요."

“그럼 당신이 가서 현금으로 바꾸면 되겠군.”

하이드가 성마르게 받아치듯 대답했다. 한시라도 빨리 그들을 돌려보내고 싶어 하는 기색이 역력했다.

“동행인에게 돈을 지불하라고 수표 뒷면에 썼소.”

그는 수표 한 장을 엔필드의 손에 밀어 넣듯 쥐여 주었다.

엔필드가 보기에 그 수표는 진짜인 것 같았다. 그런데 수표 아랫부분에 품위 있는 글씨체로 ‘헨리 지킬’이라고 쓴 서명이 보였다. 마치 날짐승의 발톱같이 생긴 하이드의 손가락을 보자, 그가 그렇게 단정한 글씨를 썼다는 사실이 믿기지 않았다.

“헨리 지킬이라는 사람이 누구죠?”

엔필드가 물었다.

“내 친구입니다. 지금 집 안에 있는데, 뜻밖의 곤경에 빠진 나를 도와주려고 수표를 주었지요.”

“그 사람을 한번 만나 봅시다.”

“그건…… 사정이 있어서 안 됩니다.”

기괴한 분위기를 풍기는 하이드의 얼굴에 왠지 모르게 근심 어린 기색이 스쳤다.

“그렇다면 이 수표가 진짜인지 아닌지 우리가 어떻게 확인할 수 있지요?”

“그렇다면……, 그렇다면 은행에서 수표를 바꿀 수 있는 아침까지 내가 당신들과 함께 있겠소.”

하이드가 다소 조급한 말투로 대답했다.

"그럼 나도 같이 있겠습니다."

어둠 속에서 스트라찬의 목소리가 들렸다.

"여기서 멀지 않은 곳에 내 집이 있어요. 여러분에게 훌륭한 포트와인을 대접할 테니 같이 가는 게 어떻겠습니까?"

엔필드의 제안에 하이드가 동의했다.

"그렇게 하지요."

스트라찬도 양손을 맞대고 비비면서 말했다. 그러나 샘은 몹시 불안해 보였다. 그의 아내와 딸이 그리 위험한 상태는 아니라고 스트라찬이 최선을 다해 설명하면서 안심시키려 했지만, 마음을 완전히 놓기는 어려운 모양이었다.

샘은 엔필드의 제안을 공손히 거절하고는, 다음 날 아침 은행 앞에서 만나기로 하고서 자신의 집을 향해 빠르게 걸어갔다.

엔필드의 이야기를 들은 어터슨의 눈은 평소처럼 반짝이지 않았다. 그의 얼굴에는 근심과 당혹감이 역력했다.

"세상에 그런 몹쓸 자가 있나?"

"그 남자를 믿지 못해서 아침에 숟가락 개수까지 다시 세어 보았어요. 스트라찬과 제가 밤새 번갈아 깨어 있으면서 그 비열한 놈을 지켜보았지요."

엔필드는 고개를 설레설레 흔들면서 말을 이었다.

"사실 하이드, 그자의 인상에는 무언가 이상한 점이 있습니다. 어딘지 모르게 기분 나쁘고, 어딘지 모르게 혐오스러운 얼굴이었지요. 그러면서도 왜 그런 느낌이 드는지 알 수가 없었어요. 어딘가 추하고 볼품없다는 느낌을 주는 모습이지만 딱히 한 군데를 꼽을 수가 없었거든요. 아주 이상한 모습이었지만 어디가 이상한지는 정확히 말하기가 어렵습니다."

엔필드는 헨리 지킬에 관한 부분은 입 밖에 내지 않았다. 지난 몇 달 사이에 그는 지킬이 대단히 존경받는 의사이며, 오랫동안 자선 활동을 해 온 사람이라는 사실을 알게 되었기 때문이다.

"그런데 그 수표는 어떻게 되었나?"

어터슨이 물었다.

"다른 사람의 이름으로 되어 있던 그 수표 말이야. 진짜 수표가 맞던가?"

"아무 문제도 없었어요."

엔필드가 대답했다.

"우리가 하이드와 함께 있기는 했지만, 은행에서는 의외로 순순히 받아 주더라고요. 위조 수표라고 거절할 줄 알았는데 말이죠. 은행 직원에게 캐물었더니, 전에도 하이드란 자가 수표를 들고 찾아온 적이 있었다고 해요. 그 악한이 다른 사람의 계좌를 이용해서 돈을 찾아간 것이 처음이 아니라는 얘기입니다."

어터슨은 깊게 한숨을 내쉬었다.

"수표에 서명된 이름이 뭐였지?"

"훌륭한 분의 이름이었어요."

엔필드가 대답했다.

"그 이름을 더럽히고 싶은 마음은 추호도 없습니다. 그 불쌍한 분이 젊었을 때 지은 사소한 잘못을 빌미로 하이드가 협박을 하고 있다는 생각이 듭니다. 그 잘못이 무엇이든 간에, 그분은 그 후에 선행을 많이 베풀었으므로 모두 용서를 받고도 남았을 겁니다."

그 말을 들은 어터슨은 다시 한숨을 내쉬더니 가라앉은 목소리로 말했다.

"유감스럽게도 나는 이미 그 이름을 알고 있다네. 최악의 사실을 확인하기 위해서 자네에게 물어본 것뿐이지. 자네가 말해 준 것은 슬픈 소식이야, 엔필드. 정말로 아주 슬픈 소식이라네."

그는 착잡한 표정으로 허공을 바라보았다.

"무슨 일이죠? 혹시 그분이 친구인가요?"

엔필드가 물었다.

"친구이자 고객이라네. 자네에게 그 이상은 알려 줄 수가 없어. 나는 내 고객의 비밀을 지켜 줘야 하니까."

엔필드는 고개를 끄덕였다.

"그런데 수표의 주인이 그분이라는 걸 어떻게 확신하세요?"

"나는 그 집의 구조와 출입문을 알고 있어. 다른 출구가 없다는 샘의 말은 틀렸네. 그 집에는 다른 문이 있거든. 마이터 코트 2번지는 큰 저택에 딸린 별채일세. 그 주인은……. 아니야, 내가 말을 너무 많이 했군.”

“캐묻고 싶지는 않지만, 그분이 비열한 협박꾼의 마수에서 벗어나도록 우리가 도울 수 있는 방법은 없을까요? 아무래도 그분이 협박을 당하고 있는 것 같으니까요.”

“아니야.”

어터슨은 고개를 가로저으며 씁쓸하게 말했다.

“자네가 할 수 있는 일은 아무것도 없어. 아마 내가 할 수 있는 일도 거의 없을 거야.”

“하지만 이건 협박이 확실해요!”

엔필드가 목소리를 높여 단호하게 말했다. 그러자 어터슨은 북극에 몰아치는 바람만큼이나 차갑고 절망적인 눈으로 엔필드를 바라보았다.

“협박이라…….”

그는 말을 이었다.

“그럴 수도 있지. 아니면 그보다 훨씬 더 좋지 않은 일일 수도 있고…….”

제 3 장

유언장

마이터 거리에서 대화를 나누고 난 후, 어터슨은 엔필드에게 적당한 핑계를 대고 서둘러 산책을 끝냈다. 길모퉁이에서 마차를 타고 돌아가는 엔필드를 배웅하고 나서 집 쪽으로 황급히 발걸음을 옮겼다.

방금 전까지 화창했던 하늘은 어느새 두꺼운 융단 같은 잿빛 구름 뒤로 사라졌고, 거리에는 물기를 머금은 차갑고 상쾌한 바람이 불고 있었다. 하지만 어터슨이 외투 자락을 꼭 여민 것은 단지 바람 때문만이 아니었다. 가슴 깊은 곳에서 오싹한 냉기가 일어 등골이 서늘해졌기 때문이다. 옷깃을 단단히 여미고 어깨를 움츠려도 그런 불길한 기분은 쉽게 가라앉지 않았다.

그러나 집 안으로 들어서자 긴장이 풀리면서 마음이 한결 느긋해졌다. 그는 하인 몰리노에게 돌아왔다고 외치고는, 외투와 모자를 벗어 복도에 있는 옷걸이에 가지런히 걸어 두었다.

위층 응접실에서는 난롯불이 탁탁 소리를 내며 타고 있었다. 어터슨은 그 앞에 놓인 가죽 의자에 편한 자세로 앉아 몸을 앞으로 숙이고 두 손을 난롯불 가까이로 내밀었다. 난롯불의 온기가 손끝에서부터 서서히 전해져 왔다.

잠시 후 어터슨은 두 다리를 앞으로 쭉 뻗은 채 의자 등받이에 천천히 몸을 기댔다. 그는 타오르는 불꽃을 뚫어져라 바라보고 있었는데, 아무 생각 없이 그저 넋을 놓고 있는 것이 아니었다. 머릿속은 온통 아래층에 있는 자신의 변호사 사무실에 마지막으로 들렀던 지킬의 모습으로 가득 차 있었다.

몰리노는 쌉쌀한 백포도주 한 잔을 은쟁반에 받쳐 들고 조용히 응접실로 들어와서, 의자 옆에 있는 작은 탁자 위에 올려놓았다. 어터슨은 고맙다고 중얼거리고는 잔을 입에 대더니 두세 모금 만에 남김없이 마셔 버렸다. 그는 자신이 지금 어떻게 행동하고 있는지조차 의식하지 못하는 것 같았다. 몰리노는 주인의 기분을 살피고는 슬며시 물러났다가, 얼마 후에 물병을 들고 다시 들어왔다.

"저녁 식사는 십오 분 내로 준비하겠습니다."

몰리노는 마치 아무도 없는 공간에 대고 말하는 듯한 기분이 들었다. 그의 주인은 알아듣기 힘든 말을 연신 중얼거리고 있었다.

저녁 식사를 하는 동안에도, 어터슨은 여전히 무언가에 넋이 나가 아무런 맛도 느끼지 못했다. 식사가 끝나자 포도주 한 잔과 양초를 손에 들고 천천히 계단을 내려가 자신의 사무실로 들어갔다.

그의 행동을 지켜보던 몰리노와 하녀 애니는 동시에 서로의 얼굴을 마주 보았다. 그들의 주인은 일요일 저녁이면 어김없이 응접실 난롯가에 앉아서 시계가 자정을 가리킬 때까지 책을 읽곤 했다. 그러나 오늘 밤엔 주인이 다르게 행동하는 것으로 보아, 무언가가 그의 마음을 어지럽히고 있는 것이 분명했다.

사무실로 들어선 어터슨은 깜빡이는 촛불 때문에 유령이 나온 게 아닐까, 하는 착각에 빠졌다. 창문 가까이에 있는 높다란 철제 서류함은 마치 그가 내는 작은 소리 하나라도 놓치지 않으려고 몸을 앞으로 기울이고 있는 살찐 노부인과도 같아 보였다.

이 방에는 어터슨의 책상 말고도 게스트라는 직원의 책상이 하나 더 있었다. 그 책상 아래로 시커먼 그림자들이 어지럽게 춤을 추고 있었다. 마치 쥐들의 우두머리가, 유령들이 무도회를 열 수 있도록 장소를 제공하기라도 한 것 같았다. 벽에 걸린 초상화 속 인물은 꼭 살아 있는 사람처럼 냉담한 표정으로 어터슨을 내려다보고 있었다.

어터슨은 벽에 걸린 고리에서 초상화가 끼워져 있는 액자를 떼어 내어 옆 쪽에 세워 두었다. 그러자 액자로 가려져 있던 벽에서 금고가 드러났다. 금고의 표면은 먼지투성이였지만, 숫자를 맞춰서 여는 자물쇠는 자주 사용한 흔적이 역력했다. 숫자판이 손때가 묻어 반짝거리고 있었기 때문이다. 어터슨은 큰 책상 위에 촛대를 내려놓고는 피곤에 지친 손길로 숫자판을 돌렸다.

잠시 후 그는 책상 앞에 앉아 금고 깊숙한 곳에서 꺼낸 서류를 바라보고 있었다. 차곡차곡 접혀서 책상 위에 얌전하게 놓여 있는 그 서류 앞에서 어터슨은 잠시 망설였다. 그러다 어쩔 수 없다는 듯한 표정을 지으며 서류를 펼쳐, 흔들리는 노란 양초 불빛 아래에서 읽어 내려가기 시작했다.

그 서류는 유언장이었다. 바로 헨리 지킬 박사의 유언을 적은 문서였다. 어터슨은 이전에 몇 번이나 이것을 읽었기 때문에 그 내용을 잘 알고 있었다. 하지만 지금 다시 읽고 있으려니 왠지 처음 보는 듯 낯선 느낌이 들었다. 글을 읽어 가는 동안, 숨죽여 탄원 기도를 읊조리듯 그의 입술이 조금씩 달싹거렸다.

몇 개월 전에 지킬은 이 유언장을 수정하기 위해 그를 찾아왔다. 지킬은 어터슨에게 자신의 유언장에 넣고 싶은 내용을 소상하게 설명했다. 지킬의 말에 귀를 기울이던 어터슨은, 그의 말이 끝나자마자 두 손을 거세게 내저으며 큰 소리로 항의했다.

"이건 말이 안 돼, 친구! 하이드란 사람이 대체 누구인가? 이봐, 지킬! 내가 자네와 알고 지낸 지 얼마나 되었는지 기억조차 나지 않을 만큼 오래되었지만, 자네 입에서 그런 이름을 들어본 적은 단 한 번도 없네. 하이드가 대체 누구인가? 혹시 그자한테 협박이라도 받고 있나?"

흥분한 어터슨과는 달리, 지킬은 의자 끝에 조용히 걸터앉더니 두 손을 무릎 위에 단정하게 포개어 얹었다.

"에드워드 하이드와 나의 관계는 자네와 아무런 상관이 없지 않나?"

지킬은 평소보다 더 차분하고 냉정한 태도로 말했다.

"어터슨, 자네는 내 변호사이지, 내 고해 신부가 아닐세."

"하지만 지킬, 나는 자네의 친구이기도 하네. 자네가 곤경에 빠져 있는 걸 친구로서 모른 척할 수는 없어."

"나는 더 이상 할 얘기가 없네."

지킬이 대화를 끝낼 양으로 잘라 말했다.

"어터슨, 날 위해 새로운 유언장을 만들어 주겠나? 아니면 우리가 알고 지낸 오랜 세월에도 불구하고 이 일을 내가 다른 변호사에게 맡기기를 바라나?"

어터슨은 무겁게 한숨을 내쉬며 대답했다.

"아니야, 지킬. 다른 변호사를 찾지 않아도 돼. 지금껏 그래 왔듯이 내가 자네 유언장을 맡겠네. 그렇지만 자네 말대로 유언장을 고치는 것은 결코 자네를 위하는 일이 아니라는 생각이 들어. 나는 도저히 못 하겠네. 자네 손으로 직접 쓰게.”

그리하여 지킬은 어터슨에게 공식적이고 법적인 사항에 관해서만 도움을 받으며 새로운 유언장을 작성했다. 그는 이 유언장에 자신의 모든 재산을 ‘친구이자 은인인 에드워드 하이드’에게 물려주겠노라고 써 넣었다.

만약 이것뿐이었다면, 어터슨이 이토록 격렬하게 반대하지는 않았으리라. 거기에는 다음과 같은 조항이 하나 더 있었다.

지킬이 어느 때건 아무런 해명 없이 석 달 이상 종적을 감추거나 부재할 경우, 지킬이 소유한 모든 재산은 하이드가 상속받는다.

바로 이 조항 때문에 어터슨은 분개하지 않을 수 없었다. 착실하고 정직한 어터슨에게 종적을 감춘다는 것은 모험 소설에서나 본, 아주 드문 일이었다. 또한 사회에서 상당한 지위를 차지하고 있는 안정된 사람들은 절대 그럴 수도, 그래서도 안 되는 것이라 생각했다.

게다가 어터슨은 하이드라는 인물에 대해서 아는 것이 전혀 없었다. 만일 그가 악독한 인간이고, 이 유언장의 조항들이 이렇듯 지나칠 정도로 관대하다는 사실을 알게 된다면 당연히 지킬을 없애고 싶은 마음이 들지 않겠는가? 아무도 모르게 지킬을 없애 버린 뒤 석 달만 용케 버티고 나서, 가로챈 재산을 들고 해외로라도 달아나 버리면 그만이지 않겠는가 말이다.

유언장을 꼼꼼히 읽어 내려가던 어터슨은 몸을 부르르 떨었다. 지난 몇 달간 지킬의 유언장에 대한 걱정이 떠오를 때마다, 그는 그저 아무것도 아닌 일로 초조해하는 어리석고 늙은 바보일 뿐이라고 자신을 탓하며 대수롭지 않게 생각하려고 애썼다. 자기는 잘 알지 못하지만, 어쩌면 에드워드 하이드라는 인물이 덕이 높고 존경할 만한 사람일 수도 있었다.

그러나 그날 산책 길에 엔필드에게 들은 이야기로 짐작해 봤을 때, 자신의 그런 기대는 완전히 어긋난 듯했다. 그는 엔필드가 말한 몇몇 표현들을 곱씹어 보았다.

엔필드의 말에 따르면, 하이드라는 남자는 '무서운 눈빛'을 가지고 있었고, 얼굴에는 '상대방의 피를 얼어붙게 만드는 무언가'가 있었다. 또한 그는 왜소한 체격에 냉혹하고 사악한 표정을 짓고 있다고 했다.

어터슨은 또다시 몸서리를 쳤다. 그가 생각에 잠겨 있는 동안 타고 있던 양초가 점점 낮아지면서 불꽃이 사그라들었다. 그는 불결한 물건을 다루듯 손끝으로 유언장을 집어 들어 판지로 만든 딱딱한 봉투에 밀어 넣으며 중얼거렸다.

"그런 악당에게 붙잡혀서 지킬이 얼마나 곤란했을까? 아마도 지킬이 과거에 엄청나게 무시무시한 일을 저지른 모양이야. 그저 경솔하게 저지른 사소한 잘못이라면, 그는 분명 기생충 같은 하이드에게서 벗어나려고 수치스러움을 무릅쓰고서라도 그 일을 공개했을 테지. 그가 그 일을 숨기려고 그토록 애쓰는 걸 보면, 정말로 끔찍한 비밀이 틀림없어.”

어터슨이 사무실의 문을 닫고 나오려는데, 마침 몰리노가 복도에 나타났다.

“지금이 몇 시인가, 몰리노?”

“열 시 십오 분 전입니다.”

몰리노가 말했다.

“조금 늦은 시각이군.”

어터슨은 혼잣말을 하는 것처럼 중얼거렸다.

“그렇지만 래니언은 일찍 잠자리에 드는 사람이 아니지.”

그는 목소리를 돋우어 몰리노에게 말했다.

“나는 지금 해스티 래니언 박사를 방문하러 가야겠네. 내 외투와 지팡이를 가져다주게. 자정까지 돌아오지 않을 수도 있으니, 기다리지 말고 먼저 잠자리에 들게나.”

같은 시각, 런던의 중심부. 가로등 불빛만이 복잡하게 뒤얽힌 채 좁은 뒷골목을 비추고 있었다. 그 불빛 아래로 체구가 작은 한 남자가 그늘진 곳만을 골라 폴짝폴짝 뛰어다니고 있었다. 바로 에드워드 하이드였다.

그는 한 손에 술병을 들고 있었고, 다른 손에는 악마 머리 모양의 손잡이가 달린 독특한 지팡이를 들고 있었다. 유리로 된 술병과 지팡이의 은손잡이, 그리고 사내의 일그러진 입술 사이로 드러나는 하얀 이빨만이 어둠 속에서 가끔씩 번득이며 빛을 발했다. 사람의 형체는 그림자같이 어둠 속에 숨어 있었다.

가터 레인과 랭포드 뮤즈 거리의 모퉁이에는 '그로트 앤드 식스펜스(Groat and Sixpence)'라는 술집이 있었다. 때가 긴 창문으로 환한 불빛이 흘러나오고, 술에 취한 사람들의 고함 소리가 밖으로 쏟아져 나오고 있었다. 안에서는 누군가가 서툰 솜씨로 군데군데 부서진 아코디언을 연주하는 중이었다. 그 가락에 맞춰 몇몇 사람들이 박자를 무시한 채 목청껏 노래를 불렀다.

그때 갑자기 취객 한 명이 술병을 던져 창문을 깨뜨렸다. 유리 깨지는 소리가 요란하게 들렸다. 하이드는 술집에 들어서다 말고 문간에 멈춰 섰다. 야단스러운 소음이 그에게는 음악 소리처럼 즐겁게 들렸다.

런던의 이 지역에서는 제대로 된 오락거리를 거의 찾아볼 수 없었다. 대부분의 사람들은 술집에 들어앉아 술을 마시면서 여가를 보내곤 했다. 그러고 나서 사람들은 그 대가로 다음 날 아침에 지끈거리는 머리를 부여잡거나 팔다리에 붕대를 감아야만 했다.

술집에서 들려오는 온갖 소음은, 다시 말해 사람들이 자신들의 삶을 망가뜨리는 소리였다. 하이드는 그 소리를 들으면 온몸이 짜릿할 정도로 기분이 좋았다.

그는 들고 있던 술병을 도로에 던져 버리고, 열기가 그득하지만 고약한 냄새가 풍기는 술집 안으로 들어섰다. 술집 안에 꽉 들어찬 담배 연기는 등불을 뿌옇게 가리고 있었고, 싸구려 술의 독한 악취가 술집 전체에 배어 있었다.

코를 골며 바닥에 뻗어 있는 몇몇 손님들의 주머니는 아마도 벌써 샅샅이 헤집어져 있을 것이었다. 한쪽 구석에서는 나이 든 남자 둘이서 한창 팔씨름에 열을 올리고 있었다. 주홍색 립스틱을 바른 여자가 과장되게 입을 벌려 웃으면서 그들을 바라보고 있었다.

하이드는 바에 서 있는 주인 남자를 향해 다가갔다. 일순간 술집이 조용해졌다. 이곳은 점잖게 차려입은 신사들이 드나드는 술집이 아니었기 때문에, 그 안에 있던 사람들은 정장 차림을 하고 있는 하이드를 일제히 주시했다.

"샴페인."

하이드가 말했다.

커다란 몸집에 양팔에는 문신을 새긴 주인이 콧방귀를 한 번 뀌더니 비웃음을 흘리며 말했다.

"여기서는 그런 술을 팔지 않습니다. 아무래도 잘못 찾아오신

것 같군요. 여기는 선생처럼 지체 높으신 신사 양반들이 오는
곳이 아닙니다.”

하이드는 낄낄대며 웃었다. 웃음소리는 높고 괴이했다. 인간
의 마음 가장 깊숙한 곳에 숨어 있는 불안한 감정들을 들쑤시는
소리였다. 왁자지껄한 소리가 언제 그랬냐는 듯 순식간에 잦아
들며 술집 안은 정적에 휩싸였다. 두세 사람이 바지춤으로 슬그
머니 손을 뻗어 감춰 둔 칼을 잡았다.

“그렇다면 여기서 파는 포도주 중에서 아무거나 주게.”

하이드가 고집스럽게 말했다. 주인은 잠깐 그를 노려보다가
당황한 듯 눈을 돌렸다. 그는 잔뜩 겁먹은 아이 같은 표정을 짓
고 있었다.

“방금 말했듯이, 여기는 당신 같은 사람들이 올 곳이 아니오.”

그는 기세가 한풀 꺾인 듯 나지막한 목소리로 말했다. 순간, 하
이드의 지팡이가 쌩하고 공중을 가로지르는가 싶더니 앞에 놓
인 끈적끈적한 나무 탁자를 내리쳤다. 그러자 탁자의 모서리에
세워져 있던 유리잔이 흔들리더니 바닥에 떨어져 와장창 소리
를 내며 깨졌다. 이 날카로운 소리가 술집 안의 정적을 갈랐다.

“그럼, 여기서 파는 것 중에서 신사가 마실 만한 것을 알려 주
게.”

하이드가 호통치듯 말했다.

“진이 있습니다.”

주인의 목소리가 불안하게 떨리면서 입 밖으로 새어 나왔다.

"그리고 맥주랑 사이다가 있어요. 다른 건 없습니다."

술집 주인은 이 낯선 사내를 가게 밖으로 내쫓아야 한다고 생각하면서도, 정작 왜 그렇게 하지 못하는지 자신을 이해할 수가 없었다.

"그렇다면 진으로 하지!"

하이드가 말했다.

"진 한 병! 하지만 신사에게 그런 지저분한 것을 마시라고 하면서 돈을 받을 생각은 아니겠지?"

"여기 그로트 앤드 식스펜스에서 돈을 내지 않고 술을 마시는 사람은 아무도 없습니다."

무신경한 주인은 화가 난 듯 목소리를 높이며 흥분했다.

"지금 그 문제로 나랑 말다툼을 하고 싶다는 말인가?"

하이드는 앞쪽으로 몸을 숙이더니 얼음같이 차디찬 눈빛으로 주인을 쏘아보며 낮게 말했다. 그의 눈을 잠시 동안 바라보던 술집 주인은 이내 움찔하며 시선을 피했다.

"아, 아니에요. 난 당신과 싸우고 싶지 않아요."

그는 풀이 죽은 목소리로 간신히 대답했다.

어터슨이 캐번디시 스퀘어에 있는 래니언의 집에 도착했을 때, 그는 아직 잠자리에 들기 전이었다. 그는 친구 어터슨의 느닷없는 방문에 적잖이 놀란 기색이었다. 밤늦은 시각이었는 데다, 바람에 날린 듯한 어터슨의 옷자락과 땀이 비 오듯 흐르는 얼굴을 보고는 더욱 의아해했다. 하지만 이내 웃음을 머금고 오랜 친구를 반갑게 맞이했다.

난롯불 앞에 자리를 잡고 앉자, 래니언은 금테 안경 너머로 어터슨을 바라보며 말을 건넸다.

"우리가 마지막으로 만난 지 어느새 일 년이 넘었군그래."

"오래된 친구들은 오랫동안 서로 만나지 않곤 하지. 그래도 우정에는 전혀 금이 가지 않으니 신기한 일이야."

어터슨의 말에 래니언이 미소를 지으며 끄덕거렸다.

"그 오랜 친구에 대해 상의를 좀 하려고 자네를 만나러 왔어, 래니언."

래니언은 어터슨의 눈을 다시금 유심히 바라보았다.

"지킬에 대해서라네."

어터슨이 말문을 열었다.

"지킬이라고?"

래니언은 갑자기 목청을 높이면서 벌떡 일어나더니 카펫을 가로질러 창가로 걸어갔다. 밖에는 등불에 비친 앙상한 나무들의 흔들리는 그림자 말고는 아무것도 보이지 않았다.

"그는 너무나 어리석어!"

래니언이 고개를 들고 허공을 향해 소리를 질렀다.

"여보게, 진정하게."

"어리석은 작자라고!"

그는 창가에서 몸을 돌려 진지한 눈빛으로 어터슨을 바라보았다.

"자네도 알다시피 나는 지킬을 아주 가까운 친구라고 여겼어. 의학에 있어서는 확실히 가장 잘 통하는 친구였지. 그런데 그가 언제부턴가 터무니없는 소리를 늘어놓더군. 내가 생각하기에 그건 미친 과학 이론이었어. 나는 그의 정신 나간 생각에 휘말리기 전에 그를 멀리해야겠다고 마음먹었네.

그런데 그보다 더욱 기분 나빴던 건, 그가 고집스럽게 주장하는 비과학적이고 무모한 이론들이 내 지성을 모욕하는 것처럼 느껴졌다는 거야! 우리의 오랜 우정을 무시하는 것 같기도 했고! 난 몇 번이나 허튼 생각을 그만두라고 말했지만, 그는 절대로 고집을 꺾지 않았지. 난 그와 절교할 수밖에 없었네! 물론 가끔씩 마주치는 건 피할 도리가 없어. 직업이 같으니 모임 같은 데 나가면 얼굴을 볼 수밖에 없거든. 하지만 어터슨, 요즘 난 지킬과 더 이상 관계를 맺지 않으려고 무척이나 애쓰고 있네."

어터슨은 공감한다는 의미로 고개를 끄덕였다. 마르고 까칠한 래니언의 얼굴은 점점 붉어지기 시작하더니, 말을 마칠 즈음엔 아예 보랏빛으로 변해 있었다. 어터슨은 만일 자신이 지킬을 조금이라도 옹호했다가는 길거리로 쫓겨날지도 모른다는 생각이 들었다.

"그런 일이 있었다니 참으로 유감일세."

어터슨이 차분한 어조로 말했다. 친구의 위로에 래니언은 얼마간 진정한 듯이 보였다. 그는 몇 걸음 서성거리다 흥분을 가라앉히고 다시 어터슨의 맞은편 의자에 앉았다. 두 사람은 잠시 화제를 바꿔, 오랜 친구들이 으레 그렇듯 서로의 신변에 관한 이야기들을 잡다하게 나누기 시작했다.

그렇지만 결국 대화는 다시 지킬 얘기로 돌아갔다. 어터슨은 래니언의 얼굴을 살피며 그가 또다시 흥분하지 않도록 조심스럽게 말을 꺼냈다.

"혹시 자네는 알지도 모르겠군. 하이드라는 작자인데, 지킬이 아는 사람이야. 그 이름을 들어 본 적 있나?"

"하이드?"

래니언은 안경을 벗어 만지작거리며 물었다.

"아니, 그런 이름을 들은 기억은 없네. 평범한 이름이긴 하지만……. 아니, 좀 더 정확히 말하자면 지킬이 하이드라는 이름을 얘기하는 걸 한 번도 들어 본 적이 없어. 그런데 그건 왜 묻나?"

"별일 아닐세."

어터슨은 아무렇지도 않게 대답하고는 얼른 화제를 돌렸다.

"그런데 자네 말야, 맥퍼넌, 그 친구 소식 들었나?"

어터슨은 자정을 훌쩍 넘긴 시각에 래니언의 집을 나섰다. 그가 래니언에게서 알아낸 사실은 거의 없었다. 그러나 지킬과 관련된 얘기를 할 때, 래니언이 그토록 흥분하는 모습을 보고 나니 의구심과 불안감만 한층 더 커졌다.

'미친 과학 이론이라고?'

그 말만으로도 어터슨은 머릿속이 혼란스러웠다. 그는 평소 진보란 바람직하지 않은 발명이나 발견에 지나지 않는다고 생각해 온 사람이었다.

이윽고 집에 도착했다. 집 안에 들어서자 차갑게 식은 어두운 공기가 그를 맞았다. 하인들은 모두 잠자리에 들었는지 빈 집 같은 고요함이 감돌았다.

어터슨은 자신이 그들에게 기다리지 말라고 지시했으면서도 하인들이 모두 자고 있다는 사실에 기분이 매우 언짢았다. 그는 지르퉁한 표정으로 중얼중얼 혼잣말을 하면서, 한 손에 촛불을 들고는 구부러진 계단을 올라 침실로 들어갔다.

그러나 쉽사리 잠이 오지 않았다. 침대는 평소에 비해 이상하리만큼 더 울퉁불퉁하게 느껴졌다. 베개는 나무토막처럼 딱딱했고, 리넨으로 만든 베갯잇은 왠지 축축하게 느껴졌다. 그는 이불을 당겨서 머리끝까지 뒤집어썼다. 멀리 성 그레고리 성당의 시계탑에서 두 시를 알리는 종소리가 들려왔다.

그는 완전히 잠이 들지도, 완전히 깨지도 않은 몽롱한 상태로 시간을 흘려보내고 있었다. 자신이 침대에 누워 있다는 사실은 인식하고 있었다. 갑자기 가로등 불빛이 환하게 밝혀진 런던의 어느 거리가 눈앞에 떠올랐다. 그곳에서 그날 오후 엔필드에게서 들은 사건이 생생하게 재현되고 있었다. 엔필드가 묘사한 왜소한 사내가 여자아이를 발로 짓밟는 장면이 자꾸 떠올랐다가 사라졌다.

이어서 그는 런던 상공으로 높이 날아올랐다. 도시 전체가 저 아래에 지도처럼 펼쳐져 있었다. 그런데 거리의 길모퉁이마다 몸집이 작은 사악한 표정의 사내가 어린아이를 짓밟고 달아나는 끔찍한 광경이 눈에 들어왔다.

그가 몸을 뒤척이자 장면이 바뀌었다. 이제 그의 몸은 장중한 저택의 어두컴컴한 침실에 있었다. 창문으로 들어온 달빛이 침대 위에 누워 있는 그의 오랜 친구인 지킬을 비추고 있었다. 지킬은 잠이 든 것 같았다. 아니면……, 죽은 것일까?

어터슨은 방 안 한쪽 구석에서 미동도 없이 서 있었다. 움직여 보려고 했지만, 어찌 된 일인지 손가락 하나 까딱할 수가 없었다. 그는 관찰자로서만 이곳에 존재할 뿐, 이 장면의 주인공은 아니었다.

곧이어 지킬의 침실 문이 확 열리더니, 무대 조명 같은 불빛이 문밖의 바닥을 내리비추었다. 문간에는 유난히 작은 그림자 하나가 어른거렸다.

그림자의 주인은 옷을 잘 차려입은 왜소한 체격의 남자였다. 그의 차림새는 언뜻 보면 훌륭한 것 같았지만, 조금만 살펴보면 그렇지 않다는 사실을 알 수 있었다. 외투의 한쪽 주머니는 찢어졌고, 흰 셔츠는 얼룩덜룩했으며, 나비넥타이는 헐렁하게 늘어져 있었다.

어터슨은 직감적으로 이 침입자가 하이드라고 확신했다. 그리고 잠든 지킬에게 하이드가 무언가 명령을 내리는 모습이 보였다. 하지만 그의 목소리는 전혀 들리지 않았다.

지킬이 몽유병 환자처럼 몸을 뒤척이다가 침대에서 간신히 몸을 일으키자, 하이드는 어터슨이 서 있는 구석 쪽으로 걸어왔다. 그는 마치 누가 그곳에 숨어 있는 것을 알아채기라도 한 듯 그림자 사이를 유심히 살폈다.

주위가 너무 어두워서 그의 얼굴을 알아볼 수는 없었지만 들짐승처럼 번득이는 눈빛만은 또렷하게 보였다. 하이드는 상대의 온몸을 얼어붙게 만들 듯한 매서운 눈빛으로 어터슨을 쏘아보며 그에게 점점 가까이 다가왔다.

그의 얼굴을 확실하게 알아볼 만한 거리까지 왔을 때, 어터슨은 경악을 금치 못했다. 그의 얼굴에는 아무것도 없었다! 단지 밋밋하고 편평한 살덩어리에 두 눈만 빛을 뿜고 있었다.

어터슨은 깜짝 놀라 튀어오르듯 침대에서 벌떡 일어나 앉았다. 숨이 멎을 정도로 지독한 악몽이었다. 입을 벌리고 있었지만 그가 내지르려던 비명은 채 나오기도 전에 목구멍에서 맴돌다 사라져 버렸다. 그는 갑자기 한기가 느껴져 이불로 몸을 감싸고는, 침실에 들어찬 어스레한 새벽빛을 응시했다.

아침 여섯 시를 알리는 성당의 종소리가 저 멀리서 들려오고 있었다.

제 4 장

숨은 자와 찾는 자

아직 변호사 일을 하고 있긴 했지만, 어터슨은 지난 몇 년간 줄어드는 일거리에 연연하지 않고 지내 왔다. 젊은 시절부터 오랫동안 쉬지 않고 일하면서 충분히 돈을 벌었기에, 이제는 일거리를 선택할 만한 여유가 있었다.

얼마 되지 않지만 아직 남아 있는 그의 고객들은 옛 친구이거나, 의뢰인으로 만났다가 친구가 된 사람들이었다. 요즘 그가 주로 하는 일은 유언장을 작성하는 것이었고, 해가 바뀔수록 장례식이 끝난 다음 유족들에게 유언장을 읽어 주는 일이 점점 더 잦아지고 있었다.

그날 아침 식사를 하면서 그는 자신의 고객들 가운데 한두 사람이 갑자기 죽거나 하는 일이 일어나지만 않는다면, 앞으로 몇 주 동안은 특별히 급하게 처리해야 할 업무가 없다는 사실을 깨달았다. 일상적인 업무는 직원인 게스트가 그럭저럭 처리할 수 있을 터였다. 이런 여유가 생기자, 어터슨은 자신이 원한다면 탐정 놀이에 약간 빠져도 괜찮지 않을까, 하는 생각이 들었다.

"아니야, 어리석은 놀이야."

식사를 마치자 애니가 접시를 치우느라 분주하게 움직였다. 그 모습을 멍하니 바라보면서 그가 중얼거렸다.

"유치한 놀이일 뿐이라고. 나처럼 늙은 신사에게는 전혀 어울리지 않아. 하지만……."

이 '하지만' 때문에 그는 망설임 없이 일어나 외투의 단추를 단단히 채우고 집을 나선 뒤 마이터 거리로 향했다. 하이드를 찾아내겠다는 일념 말고는, 어디서부터 무엇을 해야 할지 아무런 계획도 없었다. 그는 다시금 엔필드의 설명을 떠올리면서, 그 악마 같은 놈이 소녀를 짓밟는 장면을 상상했다. 그러고는 스스로 다짐하듯 되뇌었다.

"그 녀석이 하이드(Hyde)라면 나는 시크(seek)다."(Hyde는 '숨다'라는 뜻의 hide와 발음이 같음. seek는 '찾아내다'라는 뜻—옮긴이)

잠복 첫날. 어터슨은 마이터 거리에 적응하는 일이 결코 쉽지 않다는 사실을 깨달았다. 그곳에서 장사를 하는 도붓장수들이

나 상인들과 평소에는 전혀 어울릴 기회가 없었기 때문에 그들을 어떻게 대해야 할지 알 수가 없었다.

그러나 상인들이 먼저 호감을 보이며 친절하게 다가왔다. 그들은 곧 어터슨을 '나리'라고 부르기 시작했다. 그 호칭에는 상류층을 살짝 비꼬는 의미가 담겨 있어서 처음에는 화가 났지만, 얼마 지나지 않아 아무렇지도 않게 받아들이게 되었다.

제대로 차려진 세 가지 코스 요리로 하는 점심 식사에 익숙한 그였지만, 노점상에서 산 사과와 치즈로 끼니를 때우는 것도 꽤 만족스러웠다. 학창 시절 이후로는 즐기지 않았던 맥주도 한 병 사서 마셨다.

외투 앞자락에 묻은 치즈 조각을 털어 내고 조용히 트림을 하면서 그는 문득, 만일 법조계 동료들과 자신의 하인들이 지금 이 모습을 본다면 어떤 반응을 보일지 궁금해졌다. 그는 이런 저런 상상을 하면서 미소를 지었다.

첫날 잠복을 마치고 집에 돌아오자, 쌓였던 피로가 한꺼번에 몰려왔다. 그렇지만 왠지 모르게 기분은 들떠 있었다. 몸속의 피가 빠른 속도로 혈관을 한 바퀴 도는 것처럼 활기찬 느낌이랄까? 평소에는 늘 자정 무렵에 잠자리에 들던 그였지만, 그날만큼은 열 시가 조금 넘자마자 잠이 들었다. 그리고 밤새 꿈도 꾸지 않고 달콤한 잠에 빠졌다.

이렇게 열나흘이 지났다. 하루하루 지날수록 마이터 거리가 몸에 맞춘 옷을 입은 것처럼 편안하게 느껴졌다. 하루가 저물 무렵이면 그곳을 떠나기가 싫어질 정도였다. 거리에 머무는 시간이 갈수록 길어졌다. 그 덕분에 몰리노와 애니는 매일 저녁 일곱 시에 차리는 어터슨의 식사를 더 이상 준비할 필요가 없었다.

그리고 보름째 되는 날, 마침내 그토록 고대하던 사냥감을 발견했다.

거리 전체가 서리에 덮여 음산한 기운이 감도는 날이었다. 밤 열 시가 조금 지났을 무렵, 여느 때 그 시간의 공기와는 사뭇 다르게, 그날은 밤안개가 낄 기미가 전혀 보이지 않았다. 노점상들은 편안하고 따뜻한 밤을 보내기 위해 일찌감치 물건을 꾸려 집으로 돌아갔다. 어터슨도 그만 집으로 돌아가야겠다고 생각하고 막 돌아서려는 찰나, 저 멀리서 매우 빠른 속도로 걸어오는 발소리가 들려왔다. 그 소리는 가까이 다가오면서 점점 더 명확해졌다.

'바로 저 사람이야! 틀림없어!'

어터슨은 머리를 곧추세우고, 다가오는 발소리에 온 신경을 집중했다. 지팡이를 든 손에 힘을 주면서 본능적으로 한 걸음 물러서서 몸을 숨겼다. 발소리는 모퉁이를 돌아 나오더니 한층 더 크고 또렷해졌다. 어터슨은 조심스레 숨을 내쉬며 고개를 슬쩍 내밀어 발소리의 주인이 걸어오는 쪽을 바라보았다.

어터슨과 얼마 떨어지지 않은 곳에 엔필드가 묘사한 모습과 꼭 닮은 남자가 서 있었다. 거리 한가운데에 서 있는 그 사내의 외모는 어터슨이 꿈에서 보았던 모습과 놀랄 정도로 일치했다. 그 사내는 어터슨이 숨어서 자신을 지켜보고 있다는 사실을 알아채지 못한 것 같았다. 그는 익숙한 태도로 주머니에서 열쇠를 꺼내 들고 도로를 가로질러, 마이터 코트에 있는 허름한 집의 대문을 향해 활기차게 걸어갔다.

이 모습을 본 어터슨은 재빨리 몸을 움직였다. 사내가 열쇠를 자물쇠에 넣고 돌리려는 순간, 그의 뒤에 바짝 다가서서 어깨를 잡았다.

"하이드 씨, 맞지요?"

하이드는 움찔했지만 뒤를 돌아보지는 않았다.

"그렇소, 내가 하이드요."

잠시 말을 멈추고 가만히 서 있던 하이드가 다시 입을 열었다.

"당신은 누구요? 원하는 게 뭐요?"

"곤트 거리에 사는 가브리엘 어터슨이라는 사람입니다. 헨리 지킬의 오랜 친구이지요. 지킬에게서 내 이름을 들어 본 적이 있을 거요. 지금 당신과 함께 집에 들어가서 내 친구를 좀 만났으면 하는데……."

"지킬은 여기 없소."

사내가 몸을 비틀어 어터슨의 손아귀에서 어깨를 빼내면서 말했다.

"그냥 돌아가시오."

그는 마치 개가 몸에 묻은 물을 털어 내듯 어깨를 흔들었다. 그러고는 다시 물었다.

"그런데 당신, 어떻게 내 이름을 알지?"

"우리에겐 공통의 친구들이 있소."

어터슨은 아무렇지 않게 들리게 하려고 애를 썼다.

"그들이 당신이 어떻게 생겼는지 알려 줬지."

"공통의 친구들이라고?"

왜소한 사내는 의심스럽다는 듯이 물었다. 여전히 뒤를 돌아보지 않은 채였다.

"누구 말이오?"

"글쎄, 지킬도 그중 한 사람이지."

"지킬은 당신에게 내 얘기를 한 적이 없어!"

하이드가 소리쳤다.

"당신은 거짓말을 하고 있어!"

그가 너무도 확신에 차서 말했기 때문에 어터슨은 순간 몹시 당황했다. 이자는 어떻게 내 말이 거짓이라는 사실을 알고 있는 걸까? 그렇지만 어터슨은 바늘에 걸린 물고기를 이대로 놓칠 수는 없다는 심정으로 초조하게 말을 이었다.

"부탁 하나만 해도 되겠습니까?"

"뭐요?"

하이드는 톡 쏘아붙이듯이 말했다.

"당신 얼굴을 볼 수 있도록 뒤로 돌아봐 주시오."

하이드는 어깨를 으쓱하고는 그의 말을 따랐다. 어터슨은 자신이 꿈결에 보았던, 얼굴이 없는 하이드가 생각나 갑자기 두려운 마음이 솟구쳤다.

드디어 가로등 불빛에 그의 얼굴이 온전히 드러났다. 그 얼굴을 마주한 어터슨은 차라리 자신이 꿈에서 본 하이드가 훨씬 낫다는 생각이 들었다. 그 정도로 사내의 얼굴은 소름 끼치도록 흉악했다. 특별히 기형인 데가 없는데도 왠지 모르게 비정상적이라는 느낌을 주는 사람이었다. 목소리조차 꺼칠꺼칠한 데다, 날카로운 무엇인가가 깨질 때처럼 온몸에 소름이 돋았다. 정체를 알 수 없는 메스꺼움과 혐오감, 그리고 두려움이 느껴졌다.

그는 이 세상 사람 같지가 않았다. 얼굴에 숫제 악마라는 표지를 달고 다니는 듯했다. 그리고 그 얼굴은 내면 깊숙한 곳에 숨은 공포를 건드리고 있었다. 눈앞의 상대를 냉혹하게 노려보는 두 눈은 그가 꿈에서 본 것과 똑같이 비인간적이고 잔인했다.

언뜻 보면 그저 평범해 보일 만한 나머지 부분들 역시 악의 전형을 보는 듯 강렬한 인상을 풍겼다. 그 얼굴에서 뿜어 내는 사악한 기운이 어터슨에게도 이내 확 끼쳐 왔다. 그는 불안하고 두려운 감정에 휩싸여 한 발자국 뒤로 물러났다.

"내, 내 이름은 어터슨이오."

그는 말이 제대로 나오지 않아 더듬거렸다.

"가브리엘 어터슨……. 곤트 거리에 살고 있소. 지킬의 친구이자 변호사요. 자, 이건 내 명함이오."

하이드는 명함을 받아 들어 흘끗 보고는 재킷 주머니에 쑤셔 넣었다.

"언젠가 이 명함이 필요할지도 모르겠군. 어쩌면 생각보다 훨씬 빠른 시일일 수도 있고."

하이드는 어떤 음모가 느껴지는 음흉한 목소리로 말했다.

'이자는 유언장에 대해서 알고 있어!'

어터슨은 확신했다.

'그것에 대해 알고 있는 게 확실해. 게다가 지킬을 죽이려고 계획하고 있고…….'

"그러니 당신이 내 주소를 알고 있는 편이 좋겠군."

하이드가 말을 계속했다.

"당신이 급히 나를 찾아야 할 경우를 위해서……. 긴급 상황에 대비해서 말이야."

하이드가 스스로 무척 마음에 드는 듯한 표정을 지으며 '긴급 상황'이라는 표현을 내뱉자 어터슨은 깜짝 놀랐다.

"내가 살고 있는 곳은 스테이플러 게이트 43번지요. 그릭 거리에서 조금 떨어진 곳이지. 나도 당신처럼 내 주소를 예쁘게 새긴 명함을 주고 싶지만, 짐작하다시피 난 돈이 없어서 말이야."

그는 문 쪽으로 돌아서더니 열쇠를 돌려 자물쇠를 열었다. 그러다가 뒤늦게 생각난 듯 갑자기 한 마디를 덧붙였다.

"아직은 그렇다는 말이지."

하이드는 말을 마치자마자, 문을 열고 안으로 들어갔다. 어터슨의 면전에서 문이 쾅, 하고 소리를 내며 닫혔다.

제 5 장

지킬을 만나다

지킬의 저택을 관리하는 집사 풀은 매일 하던 대로 잠자리에
들기 전 복도에 있는 괘종시계의 태엽을 감았다. 시계 바늘은
밤 열 시 반을 가리키고 있었다. 그는 몹시 피곤했지만 이상하
게도 졸리지는 않았다. 지난 몇 달간 지킬의 집 안에서는 어느
누구도 쉽게 잠들지 못했다. 분위기나 상황이 전에 비해 꽤 달
라졌기 때문이다.

풀은 한숨을 깊게 내쉬었다. 한숨 소리가 마치 바람이 거리에
깔린 낙엽을 휩쓸고 가는 것 같았다. 그는 이제 누가 봐도 노인
이었다. 이십 년 전 지킬의 시중을 막 들기 시작했을 때에도 그
는 꽤 지긋한 나이였다. 이미 오래전에 은퇴하여 그동안 저축해

놓은 돈으로 조용한 시골에 아담한 집을 사서 정원을 가꾸며 여생을 보내야 할 나이였다. 풀이 그런 내색을 내비친 적은 한 번도 없었는데, 그의 주인인 지킬은 내심 불안해서인지 그가 앞으로도 계속 자신의 시중을 들어야 한다고 고집했다.

"요즘 같은 때에 훌륭한 집사를 찾기란 하늘의 별 따기만큼이나 어렵다네, 풀. 더욱이 자네 같은 사람은 결코 찾을 수 없어. 부디 언제까지고 내 곁에 있어 주게, 친구. 자네가 없다면 나는 아무것도 할 수 없을 걸세."

지킬은 진심을 담아 이렇게 말하곤 했다. 이에 보답하듯 풀도 변함없이 주인을 신뢰하고 존경해 왔다.

하지만 지난 몇 달 동안 풀이 알고 지내던 지킬 박사는 사라진 것 같았다. 생김새나 목소리는 지킬 박사와 똑같았지만, 왠지 모르게 다른 사람이 주인 행세를 하고 있는 것같이 느껴졌다.

그렇게 변해 버린 지킬 박사는 집에 머무는 일이 거의 없었다. 밤새도록 실험실에 틀어박혀 있거나, 아예 집에 들어오지 않는 날도 많았다. 그리고 전에는 한 번도 본 적 없는 낯선 사람이 박사의 주위를 맴도는 일이 잦았다. 풀은 그자가 어쩐지 마음에 들지 않았다. 그러나 뒤에서 불만을 가득 담은 콧방귀를 뀌는 것 말고는 달리 할 말이 없었다. 그 사람은 바로…….

누군가가 현관문을 쾅쾅 두드리는 소리가 들렸다. 풀은 오른

쪽 눈썹을 추켜세웠다. 손님이 오기에는 꽤 늦은 시각이었다. 게다가 요즘 지킬의 집에는 손님이 찾아오는 일이 드물었다. 풀이 천천히 문 쪽으로 걸어가는 동안에도 문을 두드리는 소리는 계속해서 들려왔다.

문을 열자 한 남자가 서 있었다. 풀은 그를 한눈에 알아보았다. 바로 지킬의 변호사이자 친구인 어터슨 씨였다. 예전에 그의 주인이 사람을 초대해서 대접하는 것을 좋아했을 무렵, 이 집을 자주 방문하는 손님들 중 한 명이었다. 하지만 풀은 최근 몇 달 동안 그를 본 적이 없었고, 이렇게 불안한 얼굴을 한 그는 그 이전에도 보지 못했다. 그의 미간에는 시름에 겨운 주름이 잡혀 있었다.

"그가 집에 있는가?"

문이 열리자마자 어터슨이 숨을 몰아쉬며 물었다.

"지킬 박사님 말씀입니까?"

"그래, 지킬! 지금 집에 있나?"

"박사님은 실험실에서 일하고 계신 것 같습니다."

풀이 근심스러운 표정으로 대답했다.

"이미 나가셨을지도 모르지만요. 어터슨 씨, 실은 실험실에 마이터 거리로 이어지는 뒷문이 있거든요. 요즘 박사님은 그 문으로 드나드실 때가 많습니다."

"그래?"

어터슨이 풀을 밀치고 들어오면서 누군가가 듣기를 바라는 듯 큰 소리로 말했다.

"그 문에 대해서는 나도 잘 알고 있네. 하지만 모르는 게 더 속 편했을 텐데 말야! 바로 조금 전에도 난 그 앞에 서 있었네."

"불가에 좀 앉으시지요."

풀이 응접실 문을 열고 어터슨을 실내로 안내하며 말했다.

"주인님을 뵐 수 있는지 알아보고 오겠습니다."

난롯불의 불씨는 거의 꺼져 가고 있었지만, 이제 막 차가운 밤 공기 속을 달려온 어터슨에게는 그 정도 온기나마 무척 반가웠다. 하지만 어터슨은 초조한 나머지 가만히 앉아서 쉴 수가 없었다. 그는 두 손을 빠르게 비벼 대며 응접실 안을 이리저리 서성거렸다.

잠시 후에 풀이 돌아왔다.

"주인님은 지금 집에 계시지 않습니다. 그리고 제가 실험실 문을 두드려 보았지만 아무 응답이 없습니다."

"안에 있으면서 대답을 안 하는 건 아니고?"

어터슨이 서둘러 물었다.

"그건 아닌 것 같아요, 어터슨 씨. 실험실 안에는 아무도 없는 것 같았습니다."

"그렇지만 바로 조금 전에 어떤 사람이 그 문으로 들어가는 것을 보았네."

“그건 하이드 씨일 겁니다. 실험실 열쇠를 갖고 있거든요.”

“하이드! 맞아, 그 사람이야! 자네 주인은 그를 굉장히 신뢰하나 보군, 풀.”

“그렇습니다, 어터슨 씨.”

풀의 얼굴에 그늘이 드리워졌다.

“주인님께서 저희 하인들 모두에게 하이드 씨가 무엇을 시키든지 무조건 따르라고 지시를 내리셨습니다. 마치 그자가 우리의 두 번째 주인이라도 되는 듯이 말입니다.”

그의 표정을 본 어터슨은 그가 이런 상황을 다른 무엇보다도 못마땅해한다는 것을 알아채었다.

“자네는 그것이 별로 마음에 들지 않나 보군, 풀?”

어터슨이 부드러운 목소리로 물었다. 그러자 풀이 잠시 당황해서 멈칫하다가 대답했다.

“아, 지킬 박사님은 훌륭한 주인이십니다.”

“그래. 그런데 지킬이 그토록 가까운 동료를 나한테 소개시켜 주지 않은 것이 이상하군.”

“하이드 씨는 저희와 식사를 같이하는 일도 없습니다. 하인들도 하이드 씨를 만나는 일이 거의 없어요. 그리고 집에 손님이 오시면 주인님께서는 그분을 곁에 두지 않으세요. 그분은 대부분 실험실에서 주인님과 함께 실험을 하며 시간을 보내지요. 두 분께서 일하고 계실 때에는 어느 누구도 방해를 해서는 안 됩니다. 하녀가 쟁반에 음식을 담아 문 앞에 놓아두어도 내다보지도 않으실 정도니까요."

풀의 말을 들은 어터슨은 생각에 잠겼다.

"그런데 말야, 그 하이드라는 자, 좀 이상한 친구 같지 않아?"

"이상하다기보다는…… 두렵습니다, 어터슨 씨."

자기도 모르게 덜컥 본심을 내보인 풀은 필요 이상의 말을 했다고 생각했는지 황급히 말을 이었다.

"지킬 박사님은 훌륭한 주인이십니다."

그는 방금 전에 했던 말을 되풀이했다. 어터슨은 이 충성스러운 집사에게서 더 이상 무언가를 알아내긴 힘들겠다고 생각했다.

집으로 돌아가는 길, 어터슨은 탐정 놀이를 즐기던 나날들이 이제는 끝났다는 사실을 깨달았다. 찾으려던 사람을 찾았으니, 더 이상 마이터 거리의 상점 진열대 앞에 붙어 있을 필요가 없었다. 그는 괜스레 울적해져서 걸음을 잠시 멈추었다. 머릿속에 지킬과 하이드의 일이 다시금 떠올랐다.

젊은 시절 지킬에게는 다소 방탕한 기질이 있긴 했다. 그러나 그것은 수십 년이나 더 전에 있었던 일이다. 그리고 젊은 치기에 저지른 실수나 잘못 한두 가지쯤 가지고 있지 않은 사람이 어디 있겠는가. 그런 일을, 더군다나 수십 년이 지난 지금에 와서 비난할 수는 없다. 그렇게 오래된 일을 세상에 폭로하겠다고 협박해서 돈을 뜯어내려 한다면 그것이 오히려 더 나쁜 짓일 것이다.

"하지만 수십 년 전에 저지른 일을 사회는 용서할지 몰라도 신은, 신은 그리 쉽게 용서하지 않을지도 모르고, 어쩌면……, 어쩌면 그 일로 해를 입은 어느 누군가도 가슴에 줄곧 새기고 있는지도 모르지."

어터슨은 혼자 중얼거리면서 고개를 흔들었다. 자신이 이끌어 낸 결론이 그다지 마음에 들지 않았다. 자신은 보이지 않는 존재 때문에 공포에 질린 중세 시대 사람이 아니라, 기본적인 양식을 갖추고 19세기를 살아가는 교육받은 지성인이지 않은가.

그렇지만 바라보기만 해도 피가 얼어붙는 것만 같은 그 무시무시한 얼굴을 부정할 수는 없었다. 이 세상 사람 같지 않은 그런 얼굴을 가진 자라면 어떤 일이라도 저지를 수 있으리라는 생각이 들었다. 그 얼굴 뒤에서 타오르던 사악한 기운 때문이었다.

어터슨은 또다시 고개를 흔들었다. 스스로도 인정하기가 부끄러웠지만, 그는 하이드가 복수심에 불타는 유령일지 모른다는 생각이 들었다. 아니, 어쩌면 악마의 화신일 수도…….

이 주일 후, 어터슨은 지킬에게서 저녁 식사 초대를 받고는 몹시 반갑기도 하고 놀랍기도 했다. 지킬이 거의 일 년 만에 친구들을 집으로 초대한 것이었기 때문이다. 초대를 흔쾌히 받아들인 어터슨의 마음속에는 사실 반가움보다 호기심이 더 크게 자리했다.

비록 래니언은 참석하지 않았지만, 지킬과 어터슨의 옛 친구들 몇몇이 모인 가운데 저녁 시간이 유쾌하게 흘러갔다. 파티 때마다 등장하는 뻔한 요리이기는 했어도 다들 맛있게 배불리 먹었고 포도주도 꽤 많이 마셨다.

지킬은 편안해 보였다. 터무니없는 이야기를 농담조로 늘어놓기도 했다. 그러나 그의 눈빛에는 이따금 고요한 절망이 어렸다가 순식간에 사라지고는 했다.

다른 사람들이 모두 떠난 뒤, 어터슨은 마지막 브랜디를 마시려고 남아 있었다. 그와 지킬은 잠시 가벼운 대화를 나눴다. 마지막으로 풀이 거실에서 나가자, 어터슨은 마음에 담아 두었던 얘기를 꺼냈다.

"요즘 계속 자네와 얘기하고 싶었다네, 지킬."

그가 말을 이었다.

"자네의 그 유언장 말이야. 난 그게 영 마음에 들지 않아. 그것이 계속 나를 괴롭히고 있어."

"그 문제에 대해서는 더 이상 왈가왈부하지 않기로 서로 합의를 본 줄 알았는데……."

지킬은 낮은 어조로 말하며 불편한 심기를 드러냈다. 그는 얼굴이 넓적하고 몸집이 큰 편이었다. 어터슨은 그의 나이가 오십

대 초반이라는 사실을 잘 알고 있었지만, 은회색 머리카락만 아니라면 삼십대 중반이라고 해도 될 만큼 젊어 보였다.

잠시 침묵을 지키던 지킬이 불안한 웃음을 머금고 말했다.

"그날 자네와 만나고 나서 죄책감에 몹시 시달렸다네. 내가 작성한 유언장 때문에 걱정을 많이 했을 테지. 나는 이렇게 가깝고 소중한 옛 친구에게 고통을 주고 싶지 않았지만 유언장은 그렇게 할 수밖에 없었어."

"자네 심정은 이해하네. 그 후로 나는 하이드라는 사람에 대해 많은 사실을 알아냈다네."

어터슨이 지킬의 얼굴을 뚫어져라 바라보며 입을 열었다.

"내가 원했던 것 이상으로 많은 사실을 말일세. 그리고 그 사실을 미리 알았더라면……."

"난 하이드에 대해서는 말하고 싶지 않네."

지킬이 말했다.

"내 유언장에 대해서도 더는 얘기하고 싶지 않아. 이 문제는 이제 그만 끝내도록 하지."

"여보게, 내가 여기서 고집을 꺾는다면, 훗날 나를 나쁜 친구라며 원망할지도 모른다네."

어터슨은 잔에 든 브랜디가 소용돌이치는 것을 보면서 말을 이었다.

"그 소름 끼치는 자가 무엇 때문에 자네를 옭아매고 있는 건가? 자네가 과거에 저지른 어떤 일에 대해 무서운 비밀이라도 알고 있는 것 아닌가? 여보게, 만일 그렇다면 나한테는 말해 줘도 되지 않겠나? 내가 어느 누구보다도 비밀을 잘 지킨다는 사실을 자네도 알지 않는가? 혹시 아나? 나에게 말해 주면, 자네가 그자에게서 벗어나도록 도와줄 수 있을지…….”

“어터슨, 자네는 언제나 나의 가장 좋은 친구야. 그리고 날 도와주려고 하는 마음도 무척 고맙게 생각하네. 하지만 이건 자네가 전혀 도울 수 없는 일이야.”

“그렇게나 엄청난 일인가?”

어터슨이 근심스러운 표정으로 물었다. 지킬은 웃었다. 그 웃음에는 신경질적인 날카로움이 배어 있었다.

“아, 아냐, 아닐세, 어터슨. 그렇게까지 나쁜 건 아니야. 난 시대에 뒤떨어진 늙은 의사에 불과해. 이렇게 고리타분한 사람에게 그런 엄청난 비밀이 어디 어울리기나 하겠나?”

“하이드는 그리 도덕적인 인물이 아니야.”

어터슨이 다시 하이드에 대한 얘기를 꺼냈다.

“그에 대해서 들은 이야기가 있네. 별로 좋지 않은 얘기야.”

“하이드는 내 동료일세.”

지킬이 단호한 목소리로 말했다.

“나는 그의 주인이 아니라고. 그가 내 집 밖에서 어떤 일을 하든지 나와는 아무 상관 없어.”

“하지만······.”

어터슨이 말을 꺼내려 하자, 지킬이 그만하라는 듯 손을 들어 올려 말을 막았다.

“그만, 어터슨. 나는 이 문제에 대해 더 이상 얘기하지 않겠네. 난 지금 아주 어려운 상황에 처해 있긴 하지만, 하이드에게 협박당하고 있지는 않아. 어느 누구에게도 말이야. 그리고 자네의 기분이 좀 풀어질지도 몰라서 하는 말인데, 나는 언제든 내가 원한다면 하이드를 제거할 수 있다네.”

“그렇다면 진심으로 자네가 그렇게 했으면 좋겠군!”

어터슨이 말했다.

“실은 내가 그 작자를 만났는데, 그는······.”

“자네에게 무척 무례하게 행동했을 테지.”

지킬이 말을 가로챘다.

“나도 알아. 그의 고약한 태도 때문에 기분이 상했다면, 그 사람 대신 내가 사과하겠네.”

지킬이 고개를 숙이며 말했다.

“자네가 하고 있는 이번 실험은 정말로 중요한 것인가 보군 그래.”

어터슨이 중얼거렸다.

“하이드가 저지르는 그런 악행을 다 감싸고 참아 주어야 할 만큼, 이번 실험에서 그가 굉장히 특별한 존재인 모양이지?”

지킬은 살짝 웃었다. 이번에는 진심에서 우러나오는 웃음이었다.

"자네 말이 맞네. 정말 중요한 실험이야. 어터슨, 자네에게 말로 설명하기 힘들 만큼 중요해."

"그래도 설명을 한번 해 보게나."

"아니, 신경 쓰지 말게."

지킬이 활짝 웃으며 말했다.

"래니언에게도 설명하려고 해 봤는데, 의학 전공자인 그조차도 나와 하이드가 하고 있는 일이 얼마나 중요한지 전혀 이해하지 못하더군. 심지어 나를 미치광이라고까지 했어. 정신 병원에 가 보라고 말이야. 내가 거절하니까 그는 불같이 화를 내면서 문을 쾅 닫고 나가 버렸어. 어터슨, 래니언도 자네만큼이나 내게 오래되고 소중한 친구이긴 하지만, 솔직히 말하면 그가 그렇게 나가 버린 것이 조금은 기뻤다네. 편협한 마음이야말로 과학의 발전을 가로막는 가장 큰 걸림돌이니까."

그는 자신의 마지막 말이 자못 흡족한 모양이었다. 입속에서 그 말을 음미하면서 부드럽게 되풀이했다.

"그렇다면 자네가 말한 대로 하지."

어터슨은 남은 브랜디 한 모금을 마시며 말했다.

"나는 하이드라는 자를 좋아한다거나 앞으로 좋아하게 될지도 모른다는 거짓말은 못 하겠네. 그렇지만 자네의 뜻에 따르도록 하지. 유언장의 항목들을 존중하겠어. 약속하지.”

“부디 그렇게 해 주게.”

지킬이 말했다.

“난 자네를 믿네, 어터슨. 혹시 내게 무슨 일이 생긴다면, 하이드가 자신의 권리를 취득할 수 있도록 자네가 보살펴 줄 거라고 믿어. 우리의 오랜 우정을 걸고 부탁함세. 부디 그가 공정한 대접을 받을 수 있게 잘 살펴봐 주게.”

“내, 꼭 그렇게 하겠네.”

어터슨은 대답하며 생각했다.

‘만일 지킬, 자네에게 무슨 일이 생긴다면 하이드가 반드시 그에 합당한 처우를 받도록 해 주지!’

어터슨과 지킬은 곧 다시 만나자고 큰 소리로 약속하면서 서로의 어깨를 몇 번이나 두드렸다. 그런 다음 어터슨은 집으로 돌아가기 위해 지킬의 집에서 나와 깜깜한 거리로 나섰다.

어터슨을 배웅한 뒤, 지킬은 응접실로 돌아와서 난롯불 앞에 앉아 생각에 빠졌다. 만일 어터슨이 지금 지킬의 얼굴에 떠오른 표정을 본다면, 그냥 지킬의 뜻에 따르겠다고 그렇듯 쉽게 동의하지는 않았을 것이다. 지금 지킬의 넓적한 얼굴에는 방금 전의 평온함 대신, 깊은 고뇌가 먹구름처럼 드리워져 있었다.

“그 말이 사실이라면…….”

지킬은 검붉은 깜부기불을 바라보며 나지막이 중얼거렸다.

“어터슨에게 언제든지 하이드를 없앨 수 있다고 말했지. 그 말만큼이나 자신이 있으면 좋으련만…….”

그는 자기도 모르게 몸서리를 쳤다.

“차라리 내가 사라지는 편이 낫겠지.”

그는 코웃음을 치며 서글픈 목소리로 혼잣말을 계속했다.

“그리고 그것만이 이 모든 것을 끝내는 최선의 방법일 거야.”

지킬은 마치 자신을 애써 정당화하려는 듯 목소리에 힘을 주었다.

“하지만 난 과학자야. 새 지식을 찾아내는 건 과학자의 의무이고…….”

아주 짧은 순간 그의 입가가 실룩거렸다.

“내가 지금 알고 있는 것을 십 년 전에 알았더라면…….”

제 6 장
참혹한 사건

　일 년가량 시간이 흐른 어느 날, 런던 시내를 충격에 빠뜨린 사건이 일어났다. 그 사건의 희생자가 사회에서 존경받는 저명한 인물이었던 까닭에 사람들의 이목이 더욱 집중되었다. 사건의 전모는 단순했지만 상상할 수 없을 만큼 놀랍고 끔찍했다.

　사건이 있던 그날 밤, 템스강 근처에 있는 파커슨 부인의 저택에서 하녀로 일하고 있는 케이트는 하루 일과를 마치고 창가에 앉아 바깥 풍경을 내다보고 있었다. 당시 그녀는 이웃 동네에 사는 윌리엄이라는 하인과 사랑에 빠져 있었는데, 그래서인지 그녀의 눈엔 세상의 모든 것들이 아름답고 달콤하게만 보였다.

　그날도 그녀는 낭만적인 기분에 젖어 템스강을 바라보고 있었다. 강물은 마치 흐르지 않는 듯 잔잔했고, 하늘은 어두웠지만 구름 한 점 없이 맑았다. 보름달이 내리비추는 골목은 대낮처럼 환했다. 세상 모든 것이 평화롭고 아름다워 보이는 멋진 밤이었다. 조금 열린 창문 틈으로 들어오는 밤공기는 쌀쌀하면서도 맑고 상쾌했다.

강둑에 사람들의 모습은 전혀 보이지 않았다. 몹시 추운 밤이었기 때문에 불가피한 약속이 아니라면 추위를 무릅쓰면서까지 밖으로 나오려는 사람은 없는 모양이었다. 몇 분 전에 지나간 이륜마차 한 대를 제외하고는 삼십 분이 넘도록 아무도 나타나지 않았다.

아니, 누군가가 오고 있었다. 나이 든 신사 한 사람이 강둑의 난간에 기대어 천천히 걸어오고 있었다. 그는 걷다가 걸음을 멈추고 잠시 쉬었다가 다시 걷고는 했다. 거의 땅바닥에 끌릴 정도로 길이가 긴 까만 외투를 입고 있었고, 목에는 흰 모직 목도리를 길게 두르고 있었다. 노신사의 머리카락은 달빛처럼 반짝이는 은색이었다. 한 손에는 가벼운 지팡이를 들었고, 다른 손으로는 입에 물고 있는 파이프를 이따금씩 떼어 냈다.

그를 본 케이트는 미소를 지었다. 살을 엘 만큼 추운 날씨에 아랑곳없이, 노신사는 삶에 아주 만족한 듯한 얼굴을 하고 있었다. 그를 보고만 있어도 왠지 마음이 따뜻해졌다.

그때 그의 맞은편에서 다른 사람이 다가오고 있었다. 케이트는 얼굴을 찡그렸다. 이 사람은 조금 전에 본 노신사와는 달리 편안한 느낌을 주지 않았다. 그는 체구가 작은 남자였는데, 앞뒤로 움직이는 팔이 제대로 보이지 않을 정도로 무척이나 빠르게 걷고 있었다. 남자는 외투를 입고 있지 않았다. 아마도 파티에 갔다 오는 듯 연미복 차림이었고, 어깨 아래로 멋지게 늘어진 망토를 걸치고 있었다. 한 손에는 굵은 지팡이를 들고 있었다.

케이트가 앉아 있는 창가에서는 그의 얼굴이 잘 보이지 않았지만, 그녀는 그 얼굴이 그리 호감을 주지는 않을 것이라고 짐작했다. 황급히 걸어가는 그 사람에게는 보는 사람을 불안하게 하는 무언가가 있었다.

그녀는 다시 난간에 기대어 있던 노신사에게로 눈길을 돌렸다. 노신사는 자신에게 빠르게 다가오는 행인을 보고는 입에 물고 있던 파이프를 떼어 내며 미소를 지었다. 노신사가 작은 몸집의 남자에게 말을 건네는 모습을 보고, 케이트는 그가 틀림없이 외출하기에 멋지고 상쾌한 밤이라고 말했으리라 추측했다.

사내는 노신사 앞에서 걸음을 멈추었다. 그의 머리가 움직이는 모양으로 보아, 그가 노신사에게 몹시 격렬하게 뭔가를 말하고 있다는 것을 알 수 있었다. 어쩌면 소리를 지르고 있는지도 몰랐다. 그러나 그녀 앞에는 창문의 유리가 가로막고 있어서 아무 소리도 들리지 않았다.

은발의 노신사는 얼굴에서 미소를 거두고 눈을 크게 떴다가

미간을 찌푸렸다. 이어 그는 앞에 있는 남자를 진정시키려는 듯 손을 뻗었다. 어쩌면 그 작은 사내는 거침없이 길을 걷다가 멈춰 서서, 마주치는 사람은 누구든 가리지 않고 폭언을 퍼붓는 미치광이일지도 몰랐다.

이 광경을 바라보던 케이트는 겁이 나기 시작했지만, 상황을 더욱 자세히 살펴보기 위해 앞으로 몸을 숙였다. 조그맣게 숨을 몰아쉬고 있던 터라 기대고 있는 유리창에 뿌얀 김이 서렸다. 그녀는 서둘러 손바닥으로 유리창의 김을 닦아 냈다.

그때 달빛이 그 작은 사내의 얼굴을 비췄다. 달빛에 비친 그의 얼굴을 본 순간, 그녀는 너무 놀라서 숨이 막혔다. 그러나 더욱 경악할 만한 일은 그다음에 일어났다.

사내는 뒤로 한 발짝 물러서더니 자신이 들고 있던 무거운 지팡이를 어깨 높이까지 쳐들었다. 그러더니 커다랗게 포물선을 그리며 그것을 순식간에 휘둘러 노신사의 은빛 머리를 내리쳤다. 그리고……

이 잔혹한 광경을 모두 목격한 케이트는 그 자리에서 그만 정신을 잃고 말았다.

하이드는 강둑 길을 걷다가 저만치 난간에 기대어 쉬고 있는 늙은 남자를 보았다. 몸에 다소 살집이 있는 노인이었는데, 하이드가 가장 먼저 주목한 것은 그의 몸집이 아니라 거의 어깨까지 흘러내릴 만큼 길고 풍성한 은빛 머리카락이었다. 그 남자가 구부러진 커다란 파이프를 뻐끔뻐끔 빨고 있는 모습은 아주 태평해 보였다.

이곳으로 오기 직전, 하이드는 평판이 좋지 않은 부두 주변의 어느 술집에서 술을 마시고 사람들과 싸움을 벌였다. 그러니 지금쯤은 당연히 지쳐 있어야 했다.

그러나 오히려 술집에서 피운 소동 덕분에 그의 피는 혈관에서 노래를 하듯 경쾌하게 흘렀고, 몸의 모든 감각이 생기에 차서 꿈틀거렸다. 그는 앞으로 백 년 정도는 쉬거나 잘 필요가 없을 것만 같은 기분이 들었다. 자신이 곧 세상이 되기라도 한 듯 강한 힘이 느껴졌다. 그뿐만 아니라 싸울 상대가 더 많았으면 하는 마음이 불끈불끈 솟아났다. 누구든 덤벼들기만 한다면 두 팔을 벌려 환영할 텐데. 또 싸움을 붙일 개들도, 거품이 이는 맥주도, 피울 아편도 세상에 넘쳐났으면 좋겠다는 생각이 들었다.

그는 모든 것을 더욱더 원했다. 넘치는 흥분, 살아 있는 모든 감각의 충족을, '생명'을 느낄 수 있는 이 모든 것을 더, 더, 더욱 간절히 원했다.

이렇듯 한껏 들떠 있던 하이드는 재빠른 걸음으로 노신사에게 다가갔다. 그가 가까이 가자, 은발의 이 어리석은 자가 멍청하게 그를 곁눈질했다.

"좋은 밤일세, 친구!"

노신사가 말했다.

"당신이 생각하는 것보다 더 좋지!"

하이드가 빈정거리며 대꾸했다.

"너무 좋아서 이런 쓸데없는 얘기를 하면서 시간을 낭비하기가 아까워!"

"기분을 상하게 할 생각은 없었네."

노신사가 하이드 쪽으로 반쯤 돌아서면서 달래듯이 말했다. 그러더니 조금 더 돌아서서 눈을 가늘게 뜨고는 하이드의 얼굴을 자세히 보았다.

"세상에! 내가 자네를 미처 알아보지 못했네. 자네는……. 아, 아니군, 자세히 보니 아니야. 그자인 줄 알았는데 자네는 너무 어리군. 가로등 불빛이 흐려서 잠깐 착각했어. 정말 미안하네."

그는 미소를 머금고 사과의 뜻으로 손을 들었다. 그 순간 하이드의 마음속에서 이 뚱뚱하고 사근사근한 어릿광대에 대한 경멸이 치밀어 올랐다. 바보 같은 이 남자는 대략 칠십 년 동안이나 지구에서 한 자리를 차지해 왔으면서도 자신이 살아 있다는 사실 자체가 얼마나 소중한지 생각이나 해 봤겠는가. 하이드에게는 너무나 간절한 생명의 숨결을 이자는 아무 생각 없이 하찮게 여겼을 게 분명했다.

그때 그의 마음속 깊은 곳 어딘가에서 작은 목소리가 들려왔다. 이자는 밉살스럽고 쓸모없기만 한 늙은 바보가 아니라, 나라에서 존경받는 몇 안 되는 정치인들 중 한 명인 국회의원 댄 버스 커루 경이라고. 가난한 사람들과 집이 없는 사람들을 위해 정부로부터 더 많은 지원을 받아 내는 정책을 단독으로 추진했던 사람이라고.

하지만 하이드는 참을 수 없는 경멸과 분노가 격렬하게 밀려드는 탓에 그 작은 목소리를 무시해 버렸다.

"저리 비키시오!"

하이드가 분노에 찬 목소리로 말했다. 커루 경은 당황해하며 얼굴을 찡그렸다.

"난 자네의 앞길을 막고 있지 않네. 그리고 이 도로는 열두 명도 나란히 걸을 수 있을 만큼 충분히 넓지 않나?"

노신사는 긴장을 풀고 애써 미소를 지으려 했지만 자신이 미친 자와 상대하고 있는 것은 아닐까, 하는 생각이 얼굴에 고스란히 드러나는 것을 감출 수가 없었다.

"하지만 친구, 자네가 불편하다면 내가 난간 쪽으로 조금 더 붙어 서도록 하지."

그는 하이드를 안심시키기 위해 그의 어깨를 잡으려고 몸을 앞으로 기울여 손을 뻗었다.

'이제 더는 못 참겠어!'

기묘한 생명력이 몸속 깊은 곳에서부터 온몸으로 퍼져 나가고 있었다. 하이드는 한 치의 망설임 없이 무거운 지팡이를 치켜들어 커루 경의 머리를 내리쳤다. 무시무시한 소리가 길 건너편에 있는 무표정한 집의 벽을 따라 메아리쳤다.

커루 경이 쥐고 있던 지팡이가 갸우뚱거리며 옆으로 쓰러졌다. 이어서 커루 경이 힘없이 바닥에 무릎을 꿇으며 앞으로 고꾸라졌다. 그는 천천히 양손을 올려 머리를 부여잡고 숨을 헐떡거렸다. 달빛을 받아 반짝이던 은빛 머리카락 속에서 검붉은 피가 배어 나오고 있었다.

하이드는 지팡이를 또 한 차례 휘둘렀다. 첫 번째보다도 더 강력한 타격에 커루 경의 몸이 바닥에 완전히 쓰러졌다. 하이드는 스스로를 멈출 수가 없었다. 그의 마음속에 가득 들어찬 성난 군중들이 끊임없이 소리를 질러 대고 있었다.

'죽여! 죽여! 죽여!'

하이드는 이번에는 지팡이를 거꾸로 잡고는 무거운 은손잡이로 노신사의 얼굴을 마구 때렸다. 지팡이의 손잡이가 얼굴에 파묻힐 지경이었다. 커루 경의 몸은 더 이상 어떤 미동도 없었다. 그러나 하이드는 계속해서 지팡이를 휘둘렀다.

그는 환희에 찬 나머지 자신도 모르는 사이에 끙끙거리는 소리를 입 밖으로 내고 있었다. 그 소리를 듣고 누군가가 이곳으로 달려오길 내심 바랐다. 피에 대한 굶주림이 이제껏 그가 알아온 어떤 욕구보다도 더욱 강렬하게 몰려왔다.

의식을 되찾았을 때, 케이트는 방바닥 위에 뻗어 있었다. 그녀는 멍한 정신을 추스르려고 머리를 흔들며 몸을 일으켜 무릎을 꿇고 앉았다. 자신이 창가에 앉아서 윌리엄에 대한 생각을 하다가 그만 잠이 들었던 모양이라고 생각했다.

그날은 케이트에게 힘들고 긴 하루였다. 천식이 심해진 파커슨 부인이 평소보다 더 많은 지시를 내렸기 때문이다. 그래서 케이트는 다른 날에 비해 유난히 고단했다.

양초는 이미 완전히 타 버려 불꽃이 꺼져 있었다. 그녀는 어둠 속에서 허둥지둥 옷을 벗고 잠옷으로 갈아입은 후 좁은 침대로 기어 올라갔다.

그런데 그녀의 머릿속에 어떤 이미지가 둥둥 떠다녔다. 그녀가 바닥에 누워 있는 동안 꾸었던 악몽에서 본 영상이었다. 한 남자의 은빛 머리카락이 시뻘겋게 물들어 가는 장면이 선명하게 떠올랐다.

그녀는 몸을 부르르 떨었다. 그 악몽이 너무나도 생생한 현실처럼 느껴졌다. 그러나 그녀는 그런 생각을 하는 자신을 바보 같다고 나무라면서, 침대에서 미끄러져 나와 창가로 살금살금 걸어갔다.

길 건너편의 도로에 시커먼 형체가 널브러져 있었다. 그녀가 내다보고 있는 창가에서도 끔찍하게 부서져 있는 형체의 머리 부분이 또렷하게 보였다. 그것을 본 순간, 그녀는 외마디 비명을 질렀다.

사건에 대한 소식이 전해질 무렵, 어터슨은 아침 식사를 하고 있었다. 몰리노가 인편으로 배달된 편지를 건네자, 어터슨은 생강 잼을 바른 토스트를 먹으면서 그것을 받아 훑어보았다. 시선이 아래로 내려갈수록 그의 표정과 몸짓이 점점 굳더니, 결국 토스트를 먹다 말고 접시에 올려놓았다.

편지지 안에는 또 하나의 편지가 끼워져 있었다. 봉투에는 어터슨의 집 주소가 적혀 있었고, 우표가 붙어 있긴 했지만 소인은 찍혀 있지 않았다. 그는 서둘러 봉투를 뜯었다.

그 편지는 어터슨과 수년간 허물없이 지내 온 커루 경이 보낸 것이었다. 어터슨은 한때 그의 변호사로 일한 적도 있었다. 편지에는 돌아오는 화요일에 국회 의사당으로 커피를 마시러 오라는 내용이 담겨 있었다. 어터슨은 그 편지를 뒤집어 이리저리 유심히 살펴보았지만, 봉투에 조그마한 핏빛 얼룩이 묻어 있는 것 말고는 별다른 것은 눈에 띄지 않았다. 그는 심상치 않은 기운을 느꼈다.

복도에서는 편지를 가져온 젊은 경찰이 몰리노와 함께 어터슨을 기다리고 있었다.

"무슨 일인지는 모르겠지만 어서 출발하세."

어터슨이 서두르며 말했다.

"마차가 준비됐나?"

"밖에서 기다리고 있습니다."

경찰이 대답했다.

"몰리노, 내 외투와 모자, 장갑을 주게!"

어터슨은 집사가 전해 주는 것들을 얼른 챙기고는 현관문을 나섰다.

잠시 후 그는 덜컹거리는 경찰 마차에 몸을 싣고 곤트 거리를 달려가고 있었다. 옆에 앉은 젊은 경찰이 사건에 대해서 간략하게 설명해 주었다.

"정말로 댄버스 커루 경이 맞나?"

설명을 다 듣고 나서 어터슨이 물었다.

"저희도 확신할 수가 없습니다."

경찰이 걱정스러운 표정으로 말했다.

"머리를 너무나 심하게 두들겨 맞아서 얼굴을 알아보기가 어렵습니다. 어터슨 씨는 그분의 친구이시니까 어쩌면……."

경찰은 말을 멈췄다. 어터슨이 옆을 흘긋 바라보니 그는 자신이 본 장면이 떠오르는지 안색이 어두워 보였다.

그들을 태운 마차는 곧 스트랜드 경찰서 앞에 도착했다. 그곳에서 그들을 기다리고 있던 뉴커먼 경감은 마차에서 내리는 어터슨과 악수를 하며 인사를 건넸다.

"와 주셔서 감사합니다."

뉴커먼이 말했다. 그와 어터슨은 각자의 업무 관계로 예전에
몇 번 만난 적이 있었다.

"이건 정말 지독한 사건입니다."

뉴커먼은 고개를 절레절레 흔들면서 어터슨을 경찰서 지하에
있는 영안실로 안내했다. 습한 공기 속에서 죽음의 냄새가 물씬
풍겨 나왔다. 어터슨은 반쯤 먹다 만 아침 식사가 배 속에서 요
동치는 것을 느꼈다.

시체는 낮은 탁자 위에 누워 있었다. 수행원이 시체를 덮은 피
투성이 시트를 잡아당겼다. 어터슨은 예전에도 시체를 본 적이
있긴 했지만, 이렇게 처참한 것은 한 번도 보지 못했다. 몸속에
서 역한 기운이 절로 올라올 정도로 참혹한 모습이었다. 날카로
운 무언가가 눈을 찌르는 듯 따끔거려서 그는 시체를 등지고 돌
아섰다. 뉴커먼이 팔로 그의 어깨를 감쌌다.

"조금 지나면 괜찮아질 겁니다."

어터슨은 숨이 찬 듯 헐떡거렸다. 시간이 꽤 지나고 나서야 그
는 다시 돌아서서 시체를 똑바로 바라보았다. 시체의 은빛 머리
카락은 피범벅이 되어 있었다. 온전히 남은 부분은 코뿐이었는
데, 확실히 커루 경의 두드러진 매부리코임을 알아볼 수 있었다.
어터슨은 수행원에게 시트를 더 내리라고 손짓했다. 그는 커루
경이 항상 끼고 다니는 넓적한 결혼반지를 확인했다.

"댄버스 커루 경이 맞습니다."

그가 목이 멘 채 말했다.

“그는 오른손 손등에 점이 있어요. 괜찮다면 확인을 좀…….”

수행원이 손을 뒤집자, 상처 자국들 사이로 어터슨이 기억하고 있는 선홍색 반점이 보였다.

“그가 맞아요.”

어터슨이 말했다.

“누가 이런 짓을 했을까요? 이분에게는 적이 없는데…….”

그는 말을 흐리며 순간적으로 멈칫했다. 가난한 사람들을 위해서 펼쳐 온 커루 경의 활동 때문에 부자들 중에 그를 싫어하는 사람들이 몇몇 있긴 했다. 그들은 더 많은 세금을 내놓아야 한다는 사실을 못마땅하게 생각했다. 하지만 아무리 그렇다고 해도 그들의 감정이 이렇게 살인까지 저지를 만큼 강렬한 것은 아니었다.

“위층으로 가시지요.”

뉴커먼이 부드럽게 말했다.

“저희가 보여 드릴 사람이 한 명 더 있습니다.”

뉴커먼의 사무실은 칸막이로 만든 작은 방보다 약간 더 컸는데, 사방이 온통 책으로 가득 차 있었다. 뉴커먼은 어터슨에게 의자에 앉으라고 권하면서, 책상 위에 잔뜩 쌓여 있는 종이들을 옆으로 밀어 공간을 만들었다.

“목격자가 있었습니다.”

어터슨이 자리를 잡고 앉자 뉴커먼이 말했다.

"근처에 있는 파커슨 부인 집에서 일하는 하녀가 창밖을 바라보다가 우연히 이 사건을 목격했다고 하더군요."

"그렇다면……."

"그녀가 살인을 저지른 사람을 알고 있습니다. 그 살인자가 예전에 파커슨 부인을 한번 만나러 온 적이 있었는데, 그때 얼굴을 기억해 두고 있었답니다. 그렇지만 살인을 저지를 당시에는 전혀 알아보지 못하다가, 끔찍한 장면을 보자마자 그만 기절하고 말았죠. 그리고 정신을 차린 다음에 그를 기억해 냈죠."

"그녀는 확신한답니까? 그녀가 사건을 목격한 직후에 기절했다면 정확하지 않을 수도 있을 텐데요."

어터슨이 말했다.

"그 하녀, 케이트는 영리한 소녀예요."

이렇게 말하는 뉴커먼의 날카로운 얼굴에 씽긋 하고 미소가 번졌다.

"관찰력이 아주 뛰어난 아이예요. 비록 자기 여주인이 어떤 일에 관여하고 있는지는 전혀 모르는 것 같지만요. 케이트가 본 남자는 아마도 파커슨 부인에게서 아편을 구입한 손님이었을 겁니다. 아편이 있는 곳에서 살인 사건이 일어난다는 사실은 누구나 짐작할 수 있는 뻔한 일이지요."

"아편에 관한 사건이라면 제가 관여할 문제가 아닙니다."

어터슨이 엄중하게 말했다.

"충고를 좀 드리자면, 그 물건을 금지하는 법이 있어야 합니다. 그렇다면 범인은 부두의 악당이었나요?"

"아닙니다."

뉴커먼이 말했다.

"파커슨 부인의 손님들은 사회에서 '신사'라고 불리는 부류입니다. 그리고 가해자 역시 신사로 통하는 사람이죠. 바로 하이드라는 자입니다."

어터슨은 갑자기 머리를 세게 얻어맞은 듯했다. 문득 일 년 전, 지킬을 만나러 갔을 때 그와 나눴던 하이드에 관한 대화가 떠올랐다. 그 자리에서 그는 분명 자신이 원한다면 언제든지 하이드를 제거할 수 있다고 말했다. 그 하이드가 바로 지금 범인으로 지목받고 있는 하이드와 동일 인물인 것일까?

"혹시 그 하이드라는 자가 왜소한 체격에 팔을 앞뒤로 크게 휘두르며 빠르게 걷는 남자인가요? 그리고 얼굴은, 얼굴은 왠지 불쾌한 기분이 들어서 별로 보고 싶지 않은……?"

어터슨이 물었다.

"맞아요! 케이트가 말한 특징과 똑같아요."

뉴커먼은 심각한 표정을 짓더니 몸을 앞으로 굽히며 말했다.

"그 밖에 하이드에 대해 더 알고 계신 것은 없나요? 아, 혹시 이것을 알아보시겠습니까?"

그는 책상 밑에서 뭔가를 꺼내서 책상 위에 올려놓았다. 그것은 반쯤 쪼개진 굵은 지팡이였다. 손잡이가 달린 지팡이의 윗부분만 남아 있고 아랫부분은 없었다. 악마의 머리 모양으로 만들어진 묵직한 은제 손잡이에는 검붉은 피가 말라붙어 있었다.

"물론 잘 알고 있습니다."

어터슨이 천천히 말했다.

"이 지팡이는 내가 십 년, 아니 십이 년 전에 친구에게 선물로 준 것입니다."

"하이드라는 자에게요?"

"아니, 다른 사람이었습니다. 꼭 필요한 것이 아니라면 그 친구는 이 사건에 끌어들이고 싶지 않습니다만……."

"원하신다면 그렇게 하실 수 있습니다만, 지금처럼 심각한 상황에서는 말씀을 해 주서야 될 것 같은데요."

뉴커먼의 얼굴에 불만스러운 기색이 스쳤다.

"아니면 이건 어떻습니까? 나에게 하이드가 사는 집 주소가 있습니다. 비록 일 년 전에 적어 놓은 것이긴 하지만요. 꽤 도움이 될 것 같은데요?"

어터슨의 말을 들은 뉴커먼은 자리에서 벌떡 일어났다.

"당장 그곳에 가 봐야겠습니다."

"내가 함께 가겠소."

어터슨은 지킬과의 약속을 떠올리며 말했다.

"그 야비한 녀석을 단 한 번 만났을 뿐인데, 마치 내가 그의 변호사라도 된 듯한 기분이 드는군."

뉴커먼은 호기심에 눈썹을 추켜세우긴 했지만 아무것도 묻지 않았다. 어터슨이 의도한 대로 지팡이 주인에 대해서도 더 이상 캐묻지 않았다.

이십 분 후, 경찰 마차는 소호 거리의 스테이플러 게이트 43번지라고 적힌 허름한 집 앞에 멈추었다. 어터슨은 마차에서 내려 주위를 살펴보았다. 쓰레기들이 바람에 날려 뒹굴고 있었다. 거리 모퉁이에 있는 카페의 창문은 깨져 있었는데, 아무래도 도로 위를 마구 굴러다니고 있는 빈 병이 원인인 듯했다.

그는 이곳에 자주 오지 않았다. 가끔씩 들를 때는 있었는데, 그때마다 자신이 왜 이곳에 자주 오지 않는지 그 이유를 깨닫곤 했다. 그 누구도 자주 찾고 싶지 않을 만큼 이 거리는 황량하고 지저분했다.

오전 아홉 시를 막 지나고 있었지만 마치 새벽녘같이 느껴지는 음산한 날씨였다. 도시 전체에 낮게 웅그리고 있는 무거운 갈색 안개 때문이었다. 왠지 모르게 느껴지는 한기에 어터슨은 몸을 떨었다.

뉴커먼은 같이 온 경찰 두 명에게 문 옆에서 기다리라는 손짓을 하더니, 어터슨보다 앞장서서 재빠르게 43번지의 문으로 다가갔다. 아무래도 이 형사는 가만히 앉아서 기다리기보다는 돌진하는 타입인 것 같았다.

어터슨은 경찰서를 나서기 전, 뉴커먼이 부하 두 명에게 권총을 지급하는 모습을 보았다. 그 장면을 떠올리면서 혹시라도 위험한 상황이 생기지는 않을까 걱정했지만, 괜한 기우라고 생각하면서 문 앞의 뉴커먼에게 다가갔다.

경감이 문을 두드리자 안에서 나이 든 여자가 나왔다. 그녀는 충혈된 눈으로 그들을 훑어보았다.

"여기가 에드워드 하이드의 집이오?"

뉴커먼이 거만한 말투로 물었다.

"그런데요."

그녀가 말했다.

어터슨은 자신에게 이득이 될 사람들인지 아닌지를 빠르게 따져 보고 있는 그녀의 머릿속이 훤히 들여다보였다.

"그 사람은 지난 이 년 동안 여기에 살았어요. 당신들은 하이드 씨의 친구들인가요?"

"글쎄요, 그가 정직한 사람이라면 그렇겠죠."

뉴커먼이 대답을 마치자, 어터슨이 끼어들었다.

"이분은 스코틀랜드 지역 경찰서의 뉴커먼 경감입니다. 하이드에 대해 아는 게 있으면 이분에게 말씀해 주십시오."

"알려 드릴 만한 게 별로 없는 것 같은데요."

그녀가 양손을 모으며 말했다. 그러더니 시선을 피하면서 두

리번두리번 사방을 살피고는 목소리를 낮추어 덧붙였다.

"하이드 씨는 혼자서만 지내세요. 나도 그리 자주 보지는 못해요. 몇 달 동안 보이지 않다가 어느 날 느닷없이 나타나곤 하거든요. 어젯밤처럼요."

"어젯밤에요?"

뉴커먼이 흥분해서 물었다.

"그게 몇 시였소?"

주인 여자는 아무런 대가 없이 정보를 알려 주어도 될지 고민하는 표정으로 뉴커먼을 한동안 빤히 바라보았다.

"나는 경감이오, 부인."

뉴커먼이 단호하게 말하자, 그녀는 고개를 떨어뜨리면서 입을 열었다.

"네, 아주 늦은 시각에 집에 들어왔어요. 그러고는 몹시 시끄럽게 굴더군요. 그 바람에 잠이 깨고 말았지요. 현관문을 열고 들어와 계단을 뛰어 올라가서는 문을 세차게 닫은 다음, 안에서 뭔가 바쁘게 움직이는 소리가 나더라고요. 그때 난 다시 잠이 들었어요. 얼마 후, 그가 들어올 때처럼 큰 소리를 내며 밖으로 나가는 바람에 또 잠이 달아나 버리고 말았죠."

"그게 몇 시였소?"

어터슨이 물었다. 그녀는 때 묻은 양털 숄로 감싼 마른 어깨를 으쓱했다.

"모르겠네요. 난 시계를 잘 안 보거든요."

"우리가 그의 방을 한번 둘러봐도 될까요?"

어터슨이 뉴커먼을 향해 몸을 돌리며 말했다.

"그건 안 됩니다. 안 되고말고요."

여자가 말했다.

"하이드 씨가 자기 방에 아무도 들이지 말라고 항상 신신당부했어요."

"여보시오, 이건 살인 사건에 관련된 문제요. 그러니 좀 둘러봐야겠소."

뉴커먼의 말을 들은 여자가 갑자기 입가에 음흉한 미소를 띠었다.

"그렇다면 그가 곤경에 빠진 것이로군요, 그렇죠?"

"그럴 수도 있죠."

어터슨은 터져 나오는 기침을 손으로 막으며 말했다.

"우리도 아직 확실히 모릅니다."

주인 여자를 따라 안으로 들어가자, 건물 전체가 거의 버려진 상태나 다름없다는 사실을 알 수 있었다. 여자는 카펫이 깔려 있지 않은 계단을 올라 이층으로 오르는 층계참에 멈춰 섰다.

"하이드 씨는 이층에 있는 방 두 칸을 쓰고 있어요."

그녀가 치마 주머니에서 큰 열쇠 뭉치를 꺼내 하이드가 쓰는 방 열쇠를 찾으면서 설명했다.

"그 두 방은 연결되어 있어요. 위층에 있는 화장실도 그가 쓰는 것이고요."

그녀가 덧붙였다.

여주인이 문을 열자, 뉴커먼은 몹시 낡은 방 안 광경에 놀란 나머지 가느다란 휘파람 소리를 냈다. 하지만 어터슨은 전혀 놀라지 않았다. 페인트칠이 제대로 되어 있지 않아 을씨년스럽기 짝이 없는 층계참과 비교하면 그 어떤 곳이라도 더 훌륭해 보였을 터이기 때문이었다.

방을 둘러싼 세 군데의 벽에는 책들이 꽂힌 서가가 있었고, 나머지 한쪽 벽에는 창문 아래로 긴 마호가니 탁자 세트와 함께 안락의자가 놓여 있었다. 마주 보이는 벽에는 양쪽에 서가를 둔 채 문이 하나 나 있었다.

그들은 거리낌 없이 두꺼운 양탄자를 가로질러 안쪽 문으로 다가갔다. 양탄자 때문에 발소리는 전혀 들리지 않았다. 문을 열자 너저분한 침실이 드러났다. 사방의 벽은 그림으로 뒤덮여 있었다. 어터슨의 취향과는 정반대인 몇몇 작품이 눈에 띄기도 했으나 대부분 훌륭한 수준의 그림이었다. 어터슨은 비록 전문가는 아니었지만, 그 그림들 가운데 하나가 렘브란트의 유명한 작품이라는 사실을 한눈에 알아보았다.

"하이드 말이오, 그는 일이 파운드 정도의 돈이 아쉬운 사람은 아니군요."

뉴커먼이 중얼거렸다.

"이 그림들만 해도 엄청난 재산일 겁니다."

어터슨은 순순히 그 말을 인정했다.

"그리고 포도주도 한 재산 되겠는데요."

뉴커먼이 문이 열려 있는 찬장을 가리키며 말했다. 찬장에는 수십 병의 포도주가 질서 정연하게 세워져 있었다.

이윽고 시선을 옮기자, 장롱의 서랍이란 서랍은 모조리 빼서 바닥에 놓아둔 것이 보였다. 침대 위에는 양말 몇 켤레와 더러운 셔츠가 누군가 막 벗어 던져 놓은 것마냥 아무렇게나 널브러져 있었다. 아무래도 방의 주인이 서둘러 짐을 꾸려서 달아난 것 같았다.

뉴커먼은 큰 방으로 다시 돌아와서 난로를 조사하기 시작했다. 벽난로는 책꽂이로 된 벽면에 붙박여 있었다. 그는 쭈그리고 앉아서 손가락으로 체를 치듯이 화덕의 재를 걸렀다.

"이게 뭐지?"

재 속을 헤집다가 무언가가 손에 잡힌 듯 집어 들었다. 재를 털어 내고 보니 그것은 타다 남은 수표책이었다.

"아무래도 그는 자기 인생의 특정 부분을 없애려고 했던 모양이야. 하지만 너무 서두르다 보니 제대로 하지 못한 것 같군."

그는 수표책을 펼쳐 그 위에 입김을 훅훅 불었다. 검댕이가 사방으로 날렸다.

"길비스 은행."

그가 검게 드러난 글자를 읽었다.

"부하들을 그곳으로 보내 뭔가 단서가 있는지 조사해 보라고 해야겠습니다. 아직 이른 시각이라 은행이 문을 열지 않았을 테니, 미리 잠복하고 있으면 혹시라도 하이드가 계좌를 해지하러 들르거나 해서 내 부하들을 놀라게 할지도 모르겠군요."

그가 미소를 짓자 야윈 얼굴이 조금 달라 보였다.

"우리가 운이 좋다면 말이죠. 하지만 일이 그렇듯 쉽게 풀릴까요?"

어터슨이 냉랭한 목소리로 말을 이었다.

"하이드가 어떤 사람인지 잘 모르지만, 바보는 아닌 게 확실합니다. 내가 그에게서 받은 인상은 절대 어리석은 자가 아니라는 점이에요."

"당신이 옳을 수도 있어요."

뉴커먼이 말했다.

"하지만 그는 살인 무기의 반쪽을 숨겨야 한다고 판단할 수 있을 만큼 똑똑한 것 같지는 않군요."

그의 눈길이 멈춘 곳으로 따라가 보니, 수년 전에 지킬에게 주었던 지팡이의 아랫부분이 문 뒤에 쌓여 있는 책들에 기대어 있었다.

"아!"

어터슨은 탄식을 내뱉었다.

"이것으로 내 고객, 하이드를 소송할 수 있는 근거는 충분히 마련된 것 같군요. 경감이 구속 영장을 발부할 수 있게 말이오."

"네, 그렇습니다."

뉴커먼이 씩 웃으며 말했다.

"이것을 발견했으니 사건의 실마리가 풀리고 있다고 봐도 되겠지요? 우리는 범인 하이드를 추적하기 시작할 겁니다. 오늘, 밤이 되기 전에 그를 감방에 처넣을 생각입니다."

"그가 런던을 떠나지 않았다는 가정하에서 그렇겠지요."

어터슨의 말에 뉴커먼의 얼굴에서 웃음기가 약간 사라졌다.

"네, 어터슨 씨, 그렇게 가정했을 때 말입니다. 하지만 그가 떠났다면 계좌에 돈을 그대로 남겨 두었을 텐데, 이 수표책으로 미루어 봤을 때 거의 칠백 파운드나 됩니다. 나는 그를 은행에서 체포할 수 있을 거라고 생각합니다, 어터슨 씨."

"그래요, 어디 두고 봅시다."

어터슨이 한숨을 내쉬면서 대답했다.

제 7 장

꼬리를 무는 의문

어터슨은 오후 늦게서야 경찰에게서 벗어날 수 있었다. 그는 자기가 지팡이를 선물한 친구에 대해서, 뉴커먼이 갑자기 캐묻지는 않을지 내내 걱정하고 있었다. 다행히 뉴커먼은 여러 가지 다른 생각에 사로잡혀 있었다. 시간이 흐를수록 그는 점점 더 의기소침해졌다. 하이드와 비슷하게 생긴 사람이 단 한 명도 길비스 은행에 나타나지 않았던 것이다.

경찰이 스테이플러 게이트 주위와 런던 거리를 샅샅이 뒤졌지만 아무런 소용이 없었다. 그들이 쫓고 있는 용의자는 사진 한 장 없는 데다 인상착의마저 뚜렷하게 묘사하기 어려웠기 때문에 수사는 난관에 부딪힐 수밖에 없었다.

제법 눈썰미가 있다는 목격자 케이트와 어터슨, 그 외에 하이드를 본 적이 있는 사람들이 하는 말은 하나같이 불분명했다. 그의 얼굴을 쳐다보기만 해도 악마를 만난 것 같은 공포에 사로잡히게 된다는 사실 외에는 별다른 특징이 없다는 것이었다. 그의 생김생김을 다들 흐릿하게 기억할 뿐이었다. 여러 명의 사람들이 다 같이 최면에 걸리기라도 한 듯이, 하이드가 실제로 어떻게 생긴 인물인지 제대로 떠올리지를 못했다.

경찰서에서 한참 동안 시달린 어터슨이 마침내 그만 가 봐도 되냐고 묻자, 뉴커먼은 마치 그 말을 기다리고 있었던 것마냥 반색을 하며 어서 돌아가라고 손짓을 했다.

경찰서 건물 밖으로 나왔을 때, 거리에는 어느덧 안개가 걷혀 있었다. 어터슨은 곧장 지킬의 집으로 간 다음, 무거운 나무 문을 지팡이로 신경질적으로 두들겼다. 곧 풀이 나타났다.

"자네 주인을 만나 봐야겠네."

어터슨이 성난 목소리로 말했다.

"지금 당장 말이야! 그가 또 지긋지긋한 실험에 푹 빠져 있다고 해도 상관이 없네. 난 지금 당장 그를 만나야겠어."

"주인님은 지금 실험실에 계십니다."

풀이 말했다.

"날 그리로 데려다주게!"

"지금 모셔다 드리겠습니다, 어터슨 씨. 절 따라오십시오."

어터슨은 위층 창문에서 뒤뜰을 내려다본 일은 몇 번 있었지만, 그곳에 들어가 보는 것은 이번이 처음이었다. 뒤뜰에는 잘 정돈된 채소밭이 펼쳐져 있었다. 그러나 그의 관심은 온통 마당 건너편의 작은 건물에 쏠려 있었다. 닳디닳은 층계 몇 칸이 초록색 문으로 이어져 있었다.

그 작은 건물은 평범한 벽돌로 지은 것이었는데, 오랜 세월의 흔적으로 색이 검게 변해 있었다. 잿빛 먼지로 뒤덮인 작은 창문은 누군가가 손바닥으로 먼지를 닦아 낸 듯 일부분만 반짝거렸다.

"저게 그 유명한 실험실이군."

건물에 시선을 고정시킨 채 어터슨이 말했다.

"그렇습니다."

나이 든 집사는 이렇게 대꾸하고는 나무 계단을 올라가 조심스럽게 문을 두드렸다. 안에서 누군가 혼자 중얼거리는 소리가 들렸다.

"어터슨 씨가 오셨습니다. 박사님을 지금 당장 만나겠다고 하십니다."

다시 뭐라고 중얼거리는 소리가 났다.

"급한 일이라고 하십니다."

"그를 만날 때까지 돌아가지 않을 거라고 전하게."

어터슨이 말했다. 풀은 문에 입을 가까이 대고는 어터슨의 말을 전했다. 마침내 안에서 빗장을 푸는 소리가 들리더니 문이 열리고 지킬이 나타났다.

지킬의 모습을 본 어터슨은 소스라치게 놀랐다. 마지막으로 만났을 때보다 이십 년은 더 늙어 보였다. 얼굴에는 전에 없이 주름살이 번져 있었고, 퀭한 두 눈에는 눈물이 어려 있었다. 큰 눈을 끔벅이며 문 앞에 서 있는 그는 재킷도 입지 않은 채였다. 타이도 매지 않았으며, 옷깃은 한쪽이 찢어져 있었다. 만일 어터슨이 길거리에서 그를 보았다면, 알아보지 못한 채 지나쳐 버렸을지도 몰랐다.

"세상에, 지킬!"

어터슨은 큰 소리로 외쳤다.

"대체 자네에게 무슨 일이 있었던 건가?"

"일은 나에게가 아니라 가엾은 댄버스 커루 경에게 일어나고 말았지."

지킬이 쉰 목소리로 말했다.

"신문 배달원들이 광장에서 소리치는 걸 들었네."

"그렇다면 경찰이 찾고 있는 사람도 알겠군. 바로 에드……."

어터슨은 말을 꺼내다가, 풀이 아직 함께 있다는 것을 의식하고는 입을 다물었다.

"그래, 다른 이야기도 들었네. 풀, 자네는 이제 집 안으로 건너가는 것이 좋겠군."

풀은 가볍게 목례를 하고는 곧바로 떠났다.

"안으로 들어오게."

지킬이 피곤한 목소리로 말했다.

그를 따라 실험실 안으로 들어간 어터슨은 완벽한 설비를 갖춘 실내를 보고 놀라움을 감추지 못했다. 이곳에 엄청난 돈을 들이부었다는 사실은 과학에 문외한인 자신이 보아도 충분히 알 수 있을 정도였다. 그중에서도 두세 개의 번쩍이는 금속 기계가 눈길을 끌었는데, 어디에 쓰이는 것인지는 추측하기가 어려웠다.

방 한구석에는 금속과 전선으로 만들어진 거대한 장치가 놓여 있었다. 어터슨은 이것이 언젠가 신문에서 읽었던 발전기가 아닐까, 하고 짐작했다. 이 기계에서 나온 많은 전선들이 서로 얽힌 채 실험실 작업대의 한쪽 끝에 몰려 있는 장치들과 맞물려 있었다.

탁자 위에는 플라스크를 비롯해 수많은 실험 기구, 크고 작은 항아리, 병, 가죽으로 제본된 책, 그리고 수첩 들이 정신없이 널려 있었다.

양쪽 벽에는 유리로 된 찬장들이 세워져 있었는데, 그 안에는 코르크 마개로 입구를 막은 작은 병들이 빼곡하게 들어차 있었다. 병에는 각기 가루와 액체가 들어 있었다. 문 뒤의 갈고리에는 화재 시에 쓰는 도끼가 걸려 있었고, 그 아래 바닥에는 모래가 채워진 양동이가 놓여 있었다.

방의 한쪽 끝에 있는 세 개의 계단을 오르니 빨간 천으로 덮인 문이 나타났다. 마침 조금 열려 있는 문틈으로 조그만 방이 보였다. 탁탁 소리를 내며 밝게 타오르는 벽난로의 불꽃 때문에 방 안이 환했다.

그런데 그렇게 생기 넘치는 불꽃이 어쩐지 그 공간과 전혀 어울리지 않아 보였다. 실험실 전체에 황폐한 절망감이 가득 차 있는 듯했기 때문이다.

지킬은 그를 작은 방으로 데려갔다.

"이곳이 진짜 실험실이라네. 비록 우리는 습관적으로 건물 전체를 실험실이라 부르지만 말야. 나는 이곳을 개인 연구실로 쓰고 있지."

어터슨이 안락의자에 앉자, 지킬은 난롯불에 손을 쬐며 말을 이었다.

"이 집에 먼저 살던 사람도 나처럼 의사였는데, 학생들에게 해부의 원리를 가르치기 위해 이 별채를 지었다더군. 그는 아래층 해부실에서 시체를 놓고 강의를 하곤 했는데, 혼자서 조용히 독서나 연구를 하고 싶을 때는 여기 작은 방으로 들어와 있었다지. 그런데 나는 해부를 하지 않기 때문에 수술실을 실험실로 바꿔 버렸어. 나 역시 아무도 방해하지 않는 이 방에서 책을 읽고 쉬는 걸 좋아한다네."

“그 ‘아무도’에서 하이드는 예외겠지.”

어터슨이 무거운 어조로 말을 계속했다.

“괜히 엉뚱한 소리 하지 말게, 지킬. 내가 왜 여기에 왔는지 잘 알고 있지 않나?”

“그래, 잘 알고 있지.”

지킬이 우울한 목소리로 대답했다.

“지금 그가 이 집에 있나?”

어터슨이 묻자, 지킬은 잠시 멈칫했다.

“없네.”

“그 머뭇거림이 왠지 마음에 걸리는군.”

어터슨이 말을 이었다.

“단도직입적으로 말하겠네, 지킬. 자네는 내 오랜 고객이고, 그보다도 더 오랜 친구이네. 커루 경 또한 내 친구이자 고객이었어. 그러니 난 그를 죽인 자가 재판을 받고 그에 합당한 처벌을 받는 걸 봐야겠네. 죽은 자가 커루 경처럼 존경받는 인물이 아니라 하더라도 난 그를 살해한 범인이 잡히길 기도했을 거야. 어느 누구도 그런 식으로 죽어선 안 돼. 난 그의 시체를 봤어! 하이드라는 자는 틀림없이 미친 거야!”

“하이드는 여기 없어. 맹세할 수 있네. 그리고 앞으로 다시는 그를 만나지 않겠다고 맹세하겠네. 약속할 수 있어. 더 이상 그 자 때문에 주위 사람들이 고통받는 일은 없을 거야.”

지킬이 씁쓸하게 말했다.

"자네가 어떻게 장담할 수 있나?"

어터슨이 다그치듯 물었다.

"그에게서 편지를 받았거든. 오늘 아침에 도착했어. 이걸 태워야 할지, 아니면 경찰에 넘겨야 할지 온종일 고민했네. 자네가 도착했을 때 나는 결정을 내렸지. 제일 현명한 방법은 이것을 내 변호사인 자네에게 보여 주는 것이라고."

지킬은 벽난로 선반에서 접혀 있는 편지를 집어 어터슨에게 건네주었다. 짧은 내용이었지만, 글씨를 하도 심하게 흘려 써서 안경 없이 읽기에는 조금 힘이 들었다.

친애하는 지킬에게

자네가 이걸 읽을 무렵이면 나는 멀리 떠나 있을 거야. 지난 이 년 동안 자네는 나를 무조건 관대하게 대해 주었는데, 나는 이기적이게도 오로지 나 자신만을 생각하며 지냈던 것 같네.

그리고 이번에는 내가 너무 지나쳤어. 그것은 생각할수록 야비하고 비열한 짓이었네.

경찰이 나를 잡는다면 교수형에 처하겠지. 그들로선 당연한 일이겠지만, 나는 이 비참한 내 인생을 열렬히 사랑한다네. 그래서 그들에게 그런 기회를 주지 않을 생각일세.

내가 가려고 하는 곳은 법의 효력이 미치지 않는 곳이야. 그곳에서 내 친구들과 함께 안전하게 지낼 생각이라네. 한 가지 유감스러운 점이 있다면, 내 친구들 가운데 단연 최고인 헨리 지킬 박사를 다시는 보지 못한다는 사실일세.

—헤어짐이 몹시 아쉬운 자네의 하찮은 동료이자 친구,

에드워드 하이드

"이 편지를 담고 있던 봉투는 어디에 있나?"

편지를 다 읽고 나서 어터슨이 물었다. 지킬은 모든 것을 체념한 듯 어깨를 으쓱하며 말했다.

"편지를 읽기 전에 봉투는 뜯어서 난롯불에 던져 버렸네. 하지만 소인은 찍혀 있지 않았어. 그것만큼은 확실히 기억하네. 아마도 하이드가 오늘 아침 집안 사람들이 일어나기 전에 직접 우편함에 넣은 것 같아."

"그런데 자네는 이걸 경찰에게 넘겨줘야 할지 그냥 태워 버려야 할지 모르겠다고?"

지킬이 고개를 끄덕이자, 어터슨은 손등으로 눈을 비비며 계속 말했다.

"솔직히 말해서 지킬, 나도 잘 모르겠네. 자네만 괜찮다면, 내가 이 편지를 가지고 있다가 최선의 방법이 무엇인지 생각해 보고 내일 얘기해 주면 안 될까?"

"자네가 그렇게 해 준다면…… 정말 고맙네, 어터슨."

지킬이 말했다.

"사실 나는…… 내 판단력에 대한 자신감을 모두 잃어버린 것 같아."

"그렇더라도 한 가지만 더 말해 주게."

어터슨이 편지를 접어 조심스레 안주머니에 넣고 일어서면서 말했다.

"자네의 유언장에 들어간 그 터무니없는 조항들 말이야. 그거, 하이드가 자네에게 억지로 받아쓰게 한 것 맞지?"

지킬의 얼굴이 더욱 창백해졌다.

"맞아, 그랬어."

"그럴 줄 알고 있었어!"

어터슨이 외쳤다.

"내가 두려워했던 것이 바로 그거야! 그 악당은 적당한 때가 되면 자네를 죽이고, 자네의 재산을 가로채려고 했던 거야. 대체 그자가 무슨 일로 자네를 위협했기에 그런 터무니없는 서류를 작성하는 데 동의했나, 지킬?"

"그건 이미 지나간 일이야."

지킬이 분명한 어조로 대답했다. 목소리는 비록 나지막했지만, 어터슨은 꽉 다문 지킬의 입을 보고는 뭐든 더 물어봐야 소용이 없다는 것을 깨달았다. 다만 지킬이 무덤까지 갖고 갈 만큼 엄청난 비밀을 숨기고 있으리라는 생각이 들었다.

"내일 다시 오겠네."

어터슨이 무뚝뚝하게 말했다.

"이 편지를 어떻게 해야 할지 결정하고, 자네에게 알려 주기 전까지는 어떤 일도 하지 않겠네."

"고마워, 어터슨."

지킬은 안락의자에 털썩 주저앉아 두 손에 얼굴을 파묻으며 말했다.

"고맙네. 전부 다……."

그날 밤 어터슨은 자신의 사무실 직원인 게스트에게 퇴근한 뒤 술을 한잔 마시자고 청했다. 그에게 하이드의 편지를 한번 봐 달라고 부탁할 생각이었다. 어터슨은 그를 무척 신뢰하고 있었기 때문에, 편지를 보여 준다고 해서 지킬에 대한 신의를 저버리는 것이라고 생각하지 않았다. 게다가 게스트는 필체 연구가 취미였으므로, 어터슨이 미처 보지 못한 것을 알아챌 수도 있었다.

그는 게스트에게 편지가 손에 들어온 경위를 간단히 설명했다.

"그런데 한 가지 이상한 점이 있었네."

그가 설명을 마치고 나서 덧붙였다.

"지킬 박사의 집을 나서면서, 혹시 아침에 편지를 전하고 간 사람을 보았느냐고 풀에게 물어봤지. 그런데 그는 오늘 집으로 온 우편물이 하나도 없었다더군. 내가 계속 추궁했는데도 끝까지 아무것도 없었다고 그러더라고.”

“편지가 마이터 코트의 실험실 건물에 나 있는 문으로 배달됐을 수도 있겠지요.”

“그래.”

어터슨이 천천히 말했다.

“풀의 말이 맞다면 아마 그렇겠지. 하지만 나는 왠지 그 편지가 실험실 안에서 작성되었을지도 모른다는 생각이 들어. 하이드는 그곳의 열쇠를 갖고 있거든. 아마 지금도 갖고 있을 거야. 어쩌면 달아나려던 그를 지킬이 억지로 붙잡아 편지를 쓰라고 강요했을 수도 있어. 내 오랜 친구가 내게 거짓말을 했을 수도 있단 얘기지. 몇 년 전이었다면 난 지킬의 말을 목숨 걸고 믿었겠지만 지금은 아니야.”

그는 한숨을 쉬었다. 게스트는 편지를 꼼꼼히 살펴보았다.

“필체가 매우 독특하군요. 정확히 말하자면, 좀 유별나게 특이합니다.”

그가 말했다. 어터슨은 멍한 표정을 지었다.

“마치 누군가가 자신의 필체와 최대한 다르게 보이려고 꾸며낸 것 같아요.”

게스트의 설명이 이어졌다.

“한 사람이 완전히 다른 글씨체를 쓴다는 것은 불가능하지만 조금만 생각해 보면 간단한 일이기도 하죠. 만일 자신의 필체와 다른 필체로 쓰고 싶다면, 제일 좋은 방법은 그저 몇 가지만 바꾸는 겁니다. 예를 들어 't'에서 줄을 긋는 방법이나 'i'에서 점을 찍는 방법 같은 것 말이죠. 하지만 필체가 완전히 다르게 보이도록 애쓴 사람의 글씨에서는 일관적으로 나타나는 어떤 특징을 발견할 수 있어요. 주의 깊게 살펴보면 누구든 알아챌 수 있답니다."

"그 필체를 보고 떠오르는 사람이 있나?"

갑자기 두려운 마음에 휩싸인 어터슨이 물었다.

"우리가 지킬 박사님에 대해서 이야기하고 있지 않았더라면 몰랐을지도 모르지요."

게스트가 대답했다.

"확인을 위해서 비교를 해 봐도 되겠습니까?"

게스트의 요청에 따라, 어터슨은 아래층의 사무실로 내려가서 지킬이 몇 달 전에 보낸 파티 초대장을 가져왔다.

"맞습니다."

게스트는 종이 두 장을 나란히 들고 세심히 관찰하더니 차분하게 설명했다.

"제가 생각한 대로입니다. 여기, 허세를 부리듯 끝이 세차게 올라간 's'의 모양을 보십시오. 그리고 대문자 'B'는 거의 일치하는군요."

　그는 닮은 점들을 계속 더 지적했지만, 어터슨에겐 처음의 설명만으로도 이미 충분했다.

　"정말 자네의 능력이 발휘되는군. 하지만 이건 증거로 채택되기가 힘들어."

　어터슨이 어두운 표정으로 말했다. 게스트는 연로한 변호사의 얼굴을 흘긋 올려다보고는 서둘러 동의했다.

　"맞아요, 법원이 인정할 만한 증거가 되기는 힘듭니다. 네, 물론 이것에 대한 제 생각을 남들에게 알리는 것도 경솔한 일일 테고요. 제가 틀렸을 수도 있으니까요. 이 가설을 아직은 남들에게 누설하지 않는 것이 좋겠습니다, 변호사님."

　"나도 같은 생각일세. 누군가에게 이 사실을 말한다면 결백한 사람의 이름이 더럽혀질지도 모르지 않나! 그건 끔찍한 일이야!"

　"맞습니다. 정말 끔찍한 일이죠. 너무 끔찍해서 생각조차 하기 싫습니다."

　게스트가 중얼거렸다. 하지만 두 사람 모두 자신들의 생각이 틀리지 않았다는 것을 잘 알고 있었다. 게스트가 방에서 나간 뒤, 어터슨은 혼란에 빠진 나머지 손톱을 깨물며 한참 동안 자리에서 일어나지 못했다.

　"지킬이 살인자를 위해 위조를 하다니!"

　그는 몇 번이고 되풀이하여 중얼거렸다.

“어떤 약점을 잡혔기에 그런 일을 할 수밖에 없었을까?”

그는 무서운 범죄 장면들을 상상했다. 대체 지킬은 무슨 짓을 저지른 것일까? 이 의문은 잠시도 그의 머릿속을 떠나지 않은 채 끝없이 괴롭혔다.

제 8 장

래니언에게 닥친 공포

하이드는 눈빛을 번뜩이며 흡족한 표정으로 실험실을 둘러보았다. 정말 오랜만에 이곳에 와 있었다. 그동안 얼마나 많은 시간이 흘렀는지는 알 수 없지만, 그에게는 그 암흑의 시간이 영원할 것만 같았다.

별안간 그의 입에서 거친 욕설이 튀어나왔다. 그는 보이지 않는 독방에 자신을 그토록 오랫동안 가둬 둔 장본인, 헨리 지킬의 이름을 저주하고 또 저주했다.

그러나 그의 기분은 삽시간에 바뀌었다. 그는 계단을 껑충껑충 뛰어올라 연구실로 들어갔다. 방 한구석에 있는 찬장의 문은 벽지로 덮여 있었다. 그는 벽지를 들춰 문을 열고는 검은색 야

회복과 먼지 낀 검은색 실크 모자, 닳아빠진 검은색 구두 한 켤레, 더러운 흰색 셔츠와 낡아서 너덜너덜해진 검은색 나비넥타이를 꺼냈다. 그런 다음 찬장 안쪽 깊숙한 곳을 더듬어 항상 그곳에 세워져 있던 지팡이를 찾다가, 그것이 전에 부러졌다는 사실을 어렴풋하게 기억해 냈다. 기억이 점점 더 또렷해지자 그는 낄낄거리며 웃음을 터뜨렸다. 그 늙은 남자에게서 그토록 피가 많이 나오리라고 누가 상상이나 했겠는가?

하이드는 옷을 다 챙겨 입고 난로 위의 거울에 자기 모습을 비춰 보았다. 그 모습이 매우 만족스러운 듯 얼굴에 생기가 돌았다. 몸속에서는 터져 나올 듯 강렬하게 생명의 힘이 용솟음치고 있었다.

양복 바지 주머니를 뒤적여 보니 돈이 나왔다. 오십 파운드는 족히 넘을 듯했다. 그는 즐거움을 감추지 못하며 지폐를 헤아려 보았다. 오늘 밤 제일 먼저 할 일은 지팡이를 새로 사는 것이었다. 지난번 것보다 훨씬 더 튼튼한 것으로……

실험실로 다시 내려온 그는 주위를 둘러보고는 키득거리기 시작했다. 바로 저기, 마침맞은 것이 눈에 들어왔다! 지킬의 작업대 위에 놓여 있는, 금속으로 만들어진 시험관 꽂이를 손으로 들어 올렸다. 그것은 꽤 무거웠다. 곧은 자루에서 꺽쇠를 떼어 낸 다음, 쓸 만한지 요모조모 뜯어보았다. 물론 지팡이로는 별 쓸모가 없겠지만, 갑자기 누군가를 때리고 싶은 욕구가 일어날 때는 그 가치를 충분히 발휘할 수 있을 듯했다.

그러던 그는 갑자기 어리둥절해하며 동작을 멈추었다. 지난 번까지는 깨어나 보면 항상 실험대 위에 빈 비커가 놓여 있었는데, 이상하게도 오늘은 보이지 않았다. 물론 그리 중요한 일은 아니지만 평소와 다르다는 이유로 불안한 느낌이 엄습해 왔다. 그러나 곧 찡그렸던 얼굴을 펴고 그런 것에 개의치 않기로 마음먹었다.

하이드는 마이터 코트 쪽으로 난 문을 열고 거리로 나섰다. 밤이 깊어서인지 주위에는 아무런 인기척도 없었다. 그는 조용히 문을 닫았다. 혹시라도 본채에 있는 하인들이 소리를 듣고 잠에서 깰까 봐 두려웠기 때문이다.

문을 잠그고 돌아서니 작은 얼룩 고양이 한 마리가 다가와 그의 다리에 몸을 비벼 댔다. 그가 몸을 굽혀 귀 뒤를 간질이자, 고양이는 기분이 좋은지 가르랑거리며 목을 뒤로 젖혔다.

그는 들고 있던 시험관 꽂이를 조심스레 바닥에 내려놓고 양손으로 고양이를 들어 올려, 그 작은 짐승의 노란 눈을 자신의 눈높이에 맞췄다. 그는 또 한 번 킥킥거리며 웃었다. 그러고는 고양이의 머리를 자기 얼굴 가까이로 가져와 목덜미를 물어뜯기 시작했다.

"주인님은 집에 계시지 않습니다."

풀의 말에 어터슨은 황당하다는 듯 목소리를 높였다.

"지킬이 당연히 집에 있어야 하는 것 아닌가! 나에게 이렇게 초대장을 보냈단 말일세!"

전날 오후에 도착한 초대장을 내밀면서 답답해하는 어터슨에게, 풀은 다소 난감한 얼굴로 속마음을 털어놓았다.

"지킬 박사님은 요즘 온전한 상태가 아니십니다, 어터슨 씨."

"지난 목요일까지만 해도 괜찮아 보였네. 내가 여기서 래니언과 함께 식사를 했을 때 말이야."

어터슨이 말했다.

"여보게, 우선 비를 피할 수 있도록 집 안으로 들어가게나 해 주게!"

밖에는 폭우가 쏟아지고 있었기에, 풀은 어쩔 수 없이 어터슨이 복도로 들어올 수 있도록 옆으로 비켜섰다.

"불과 며칠 전부터입니다. 주인님은 밤이고 낮이고 집에 거의 계시지 않습니다. 주인님은 마치 죽음의 신과 입맞춤이라도 하신 것처럼 보입니다. 정말입니다. 대부분의 시간을 혼자서 보내십니다. 마이터 코트 거리로 난 문으로 얼마나 자주 바깥을 드나드시는지는 저희로서도 알 수 없습니다. 제가 바로 오 분 전에 실험실 문을 두드렸는데 아무런 대답이 없었어요."

어터슨은 재빠르게 머리를 굴려 생각해 보았다. 풀이 이름을 거론한 것은 아니었지만, 그가 지금 생각하고 있는 것이 무엇인지 확실히 전해졌다.

바로 에드워드 하이드였다. 지킬이 위조했는지는 알 수 없지만 하이드가 남겼다는 편지를 보여 주고 난 지난 두 달 동안 지킬은 그 역겹고 악랄한 인간의 영향력에서 벗어난 듯 보였다. 지킬은 오랫동안 기피했던 사교 모임에 다시 발을 들여놓았다. 친구들과 함께 식사를 하고, 파티를 열고, 극장에도 다녔다. 래니언과도 연락을 주고받았으며, 어터슨과도 전처럼 왕래가 빈번했다.

하지만 방금 전 풀의 이야기를 듣고 나니, 끔찍하게도 하이드란 자가 돌아온 것 같았다. 지킬이 다시는 그를 보지 않겠다고 맹세했음에도 불구하고 말이다.

"자네, 최근에 하이드를 본 적 있나?"

어터슨이 풀에게 물었다.

"아뇨, 그의 흔적도 본 적이 없습니다."

"그렇다면 다행이군."

어터슨은 손으로 얼굴을 쓸어내리며 말을 이었다.

"그렇다고 해서 그가 돌아오지 않았다고 장담할 수는 없네. 자기 모습을 감추려고 더욱 조심하고 있을 수도 있어."

"아무래도 그런 것 같습니다, 어터슨 씨."

어터슨은 신음 소리를 냈다. 지난 두 달간 경찰이 하이드를 수색하는 동안, 신문에는 그 사악한 인간이 저지른 각종 범죄에 대한 기사가 자세히 실렸다. 아니, '범죄'라는 말은 사실 적합한 단어가 아니었다. 그가 저지른 일들은 법률을 위반했다기보다는 '악의'라는 말로 집약할 수 있는 특징을 가지고 있었다.

그는 고통과 불행을 만들어 내는 것을 즐겼다. 마치 파리의 날개를 뜯어내며 즐거워하던 아이가 그 상태 그대로 몸만 자라서, 고양이와 개의 다리를 잡아 뜯는 일에 집착하는 어른이 된 듯했다. 심지어 사람까지도 그 대상으로 삼는…….

경찰은 이제 그가 커루 경 말고 적어도 여섯 건의 살인 사건을 더 저질렀다고 판단했다. 희생자들 가운데 두 명은 살해된 뒤에 팔다리가 잘린 참혹한 모습으로 발견되었다. 그 때문에 삶 자체가 엉망으로 망가져 버린 사람들도 있었고, 잔인한 살인마가 남기고 간 상처를 평생 견디며 살아가야 하는 사람들도 생겨났다.

밤마다 어터슨은 하이드가 죽었다는 소식이 들려오기를 고대했고, 그런 기도를 하는 자신을 용서해 달라고 또 기도했다.

어터슨은 위조된 편지를 떠올렸다. 그것은 아직 그의 금고 안에 있었다. 그는 심사숙고 끝에 그 편지를 경찰에게 넘기지 않기로 결정했다. 그런데 이제 와서 자신의 그 결정이 진정으로 현명한 판단이었는지 의구심이 들었다.

"하이드가 돌아와서 우리를 괴롭히는 일이 없길 바라세, 풀!"

어터슨은 짐짓 명랑한 척하며 말했다.

"정말로 그러지 않길 바랍니다, 어터슨 씨."

“지킬에게 내가 다녀갔다고 전해 주게.”

“그러겠습니다.”

그는 지킬의 집에서 나와 거리를 걸으면서 깊은 생각에 잠겼다. 지킬과의 우정을 생각해서 그동안 경찰에게 이 문제를 알리지 않았다. 그렇지만 이제는 모든 것을 고백할 때가 되었다는 생각이 들었다. 그것은 친구이기에 앞서 시민으로서 지켜야 할 일종의 의무였다.

만일 지킬이 하이드와의 관계를 회복했다면, 그것은 지킬 스스로 자신을 우정이라는 테두리 밖으로 내놓았다는 의미일 것이다. 그리고 경찰이 조사를 했을 때, 지킬이 결백하다면 창피를 당하는 정도의 수모만 감수하면 되지 않겠는가? 따라서 굳이 죄책감을 크게 느낄 필요는 없었다.

어터슨은 지난 몇 달간 출구가 없는 미로에 갇혀서 이리저리 헤매기만 했다는 생각이 들었다. 이제야 비로소 문제를 해결할 수 있는 올바른 길이 보이는 것 같았다.

이제 남은 일은 뉴커먼을 만나러 가는 것뿐이었다. 뉴커먼은 분명히 지킬의 집 주위에 경찰들을 배치한 다음, 하이드가 돌아올 경우에 대비해서 마이터 코트 쪽으로 난 문을 집중 감시하라고 지시할 것이다. 어터슨은 마차를 불러 타고는 마부에게 스트랜드 경찰서로 가자고 했다.

두 시간 뒤, 래니언이 책 읽기에 한창 빠져 있을 때 그의 집사가 다가와서 말했다.

"인편으로 배달된 편지입니다, 주인님."

"이 늦은 시각에?"

래니언이 편지를 받아 들며 물었다.

"방금 전 현관 매트에 뭔가 떨어지는 소리가 나서 나가 보니 이 편지가 놓여 있더군요."

래니언은 봉투를 뜯은 다음 편지를 꺼내 읽기 시작했다.

친애하는 래니언

자네에게 부탁이 있네. 나 좀 도와주게나. 부디 아무것도 묻지 말고 내가 시키는 대로 해 주기를 바라네. 이건 정말 중요한 일이야. 내 명성, 어쩌면 내 생명까지도 자네가 얼마나 신속하게 움직여 주느냐에 달려 있어.

내 집에 급히 필요한 약들이 몇 가지 있는데, 나는 그것들을 직접 가지러 갈 수가 없네. 그 이유는 지금 당장 설명해 줄 수 없으니 이해해 주게.

이 편지를 배달하기 직전에, 집사인 풀에게 자물쇠 수리공을 집으로 부르라는 전갈을 보냈네. 자네가 우리 집으로 가서 자물쇠 수리공의 도움을 받아 내 실험실의 문에 채워진 자물쇠를 열게. 하지만 집 안에는 반드시 자네 혼자만 들어가야 하네.

실험실에 들어가면 문 바로 왼편에 유리 창문이 달린 찬장이 보일 걸세. 지금 내 생각으로는 잠겨 있지 않을 것 같은데, 만일 잠겨 있다면 자물쇠 수리공을 안으로 불러들여 그것도 열어 달라고 하게.

나에게 필요한 약들은 위에서 네 번째 서랍에 모두 들어 있어. 그 안의 내용물을 절대 꺼내지 말고 서랍째로 자네 집으로 가져와 주게. 이 편지를 읽자마자 곧장 움직인다면, 자네는 열한 시경엔 집에 돌아와 있을 수 있네.

그러고 나면 자정에 한 남자가 자네 집으로 갈 거야. 그때 진찰실에 자네 혼자 있어 주게. 그에게 서랍을 건네주면 그는 그걸 받아 바로 돌아갈 걸세. 그럼 이 일에서 자네가 하는 역할은 끝나게 되네.

이런 내 부탁이 무척 황당하고 어이없겠지. 자네가 의심스러워하리란 사실을 잘 알고 있지만, 내가 정신을 잃은 건 아니니 안심하게. 적어도 이 문제에 있어서는 말이야. 만일 자네가 내 부탁을 거절한다면, 나의 친구 래니언, 광기에 사로잡힌 내가 어떤 일을 저지르게 될지 나조차도 알 수 없다네.

—곤경에 처한 친구, 헨리 지킬

"지킬이 정신이 나간 게 분명하군."
래니언은 나지막하게 중얼거렸다.
"절대 들어 본 적이 없어. 이런 식의……."
최근에 지킬은 예전 모습을 완전히 회복한 듯이 보였다. 그러나 그렇지 않을지도 모른다는 생각이 들었다. 래니언은 꽤 오랜 세월 동안 그를 알고 지내 왔지만 이런 식으로 다급하게 행동하는 것은 본 적이 없었다. 그는 집사를 올려다보며 말했다.

"지금 마차를 불러 주게. 잠시 나가 봐야겠어."

십오 분도 채 지나지 않아, 그는 지킬의 집에 도착했다. 편지에서 말한 대로 풀과 자물쇠 수리공이 그를 기다리고 있었다. 수리공은 볼드윈이라는 키가 크고 힘이 센 사람이었다.

풀이 래니언을 집 안으로 안내했다. 래니언은 누군가가 자신을 바라보고 있는 것 같은 꺼림칙한 느낌이 들어서 몇 번인가 뒤를 돌아다보았는데, 제복을 입은 경찰 한 명이 길 건너편에서 어슬렁거리고 있을 뿐이었다.

마이터 코트 쪽으로 난 실험실의 문은 보기보다 튼튼했다. 차라리 문을 부수는 편이 쉬울 텐데, 왜 굳이 자물쇠 수리공을 불렀는지 의아하게 느껴졌다. 하지만 문을 자세히 살펴보니 그 이유를 알 수 있었다. 그 문은 쉽사리 부서지지 않는 특수한 재질로 되어 있어서, 적어도 두 명의 남자가 곡괭이로 내리쳐야 간신히 부술 수 있을 만큼 견고해 보였다. 그렇게 한다 해도 안으로 들어가려면 문을 산산조각 내야만 가능할 터였다.

볼드윈이 자물쇠를 열기까지는 무려 삼십 분이나 걸렸다. 자물쇠도 문처럼 견고했기 때문이다. 시간이 지체되자 래니언은 초조한 나머지, 연신 주머니에서 시계를 꺼내 들여다보았다. 지킬의 이름 없는 동료를 만나야 하는 약속 시간인 자정에 과연 집에 도착이나 할 수 있을지 슬슬 걱정이 되기 시작했다.

하지만 문이 열리고 나자, 모든 것이 아주 빠르게 진행되었다. 지킬이 편지에서 말한 유리 창문이 있는 찬장은 다행히도 열려 있었다. 래니언이 네 번째 서랍을 통째로 꺼내서 풀이 건네준 천으로 조심스레 싸는 데에는 시간이 얼마 걸리지 않았다.

그의 지시를 받고 밖에서 기다리던 마차는 덜거덕거리면서도 꽤 빠른 속도로 캐번디시 스퀘어에 있는 그의 집에 도착했다. 막 열한 시를 알리는 교회의 종소리를 들으면서 그는 문을 열고 집 안으로 들어섰다.

외투와 장갑을 벗으면서 하인들에게 그만 잠자리에 들라고 지시했다. 그러고는 천으로 감싼 서랍을 진찰실 안으로 가지고 들어갔다. 지킬은 편지에서 그에게 서랍 안의 물건들을 하나도 빠뜨리지 말고 가져오라고만 했을 뿐, 보지 말라고는 하지 않았다. 그는 호기심을 참지 못하고 서랍 속에 든 물건들을 살펴보았다.

잠시 후 그는 몹시 실망했다. 각기 다른 종류의 가루가 담긴 병 몇 개가 들어 있을 뿐이었다. 뭔지 알아내려고 냄새를 맡아 보았지만, 그중 하나에 탄산수소나트륨이 포함되어 있다는 것 말고는 약품들의 정체를 알 수가 없었다.

투명한 핏빛 액체가 담긴 용기도 있었는데, 입구가 코르크 마개로 막혀 있었다. 용기를 살짝 흔들자, 안에 든 액체가 점성을 띠며 끈적끈적하게 출렁거렸다. 그는 코르크 마개를 열고 용기를 코끝에 가져다 댔다가 흠칫 놀라며 마개를 급히 쑤셔 박았다. 눈이 침침해질 만큼 강력한 증기가 솟아올랐기 때문이다.

눈이 다시 초점을 맞출 수 있게 되자, 그는 유리 항아리 속에 담긴 액체를 뚫어져라 바라보았다. 강력한 연기가 뿜어져 나오는 것으로 보아, 인과 에테르가 섞여 있는 듯했다. 하지만 눈으로만 봐서는 분석하기 힘든 다른 물질도 많이 포함되어 있는 것 같았다. 정식으로 화학 분석을 거치지 않고서는 그것들이 무엇인지 알아낼 도리가 없었다. 그렇지만 그 혼합물이 인체에 해로우리라는 것만은 확실해 보였다.

서랍에는 종이 뭉치와 가죽 수첩도 있었다. 래니언은 그것이 지킬의 실험 기록일 거라는 생각에 흥분을 감추지 못하고 수첩을 펼쳤다. 어쩌면 지난 몇 년간 이 친구가 보인 이상한 행동에 대한 단서를 발견할 수 있을지도 모른다는 기대감에 가슴이 마구 뛰었다.

하지만 그는 다시 한번 실망했다. 페이지를 넘기고 또 넘겨도 세로로 날짜가 채워진 것 말고는 아무것도 없었다. 대부분의 날짜 옆에는 암호와 같은 문구가 적혀 있을 뿐이었다.

두 배.

어느 쪽에는 이렇게 적혀 있었는데, 또 다른 쪽에는 다음과 같이 적혀 있기도 했다.

완전한 실패!

첫 번째 문구가 적혀 있는 쪽의 날짜는 거의 십 년 전이었다. 마지막 날짜 옆에는 '완전한 실패!'가 다시 쓰여 있었는데, 대략 일 년 전에 쓴 것이었다.

수첩의 다음 페이지들은 비어 있었다. 마치 지킬이 아무런 성과도 거두지 못한 채 실패만 반복하는 실험에 구 년이라는 세월을 낭비했다는 사실을 보여 주듯이…….

래니언은 서랍의 내용물에서 알아낸 것이 별로 없었다. 하지만 틀림없이 위험해 보이는 그것들이, 전혀 그렇지 않은 양 서랍에 들어 있다는 사실 때문에 마음이 굉장히 혼란스러웠다.

대체 지킬은 무엇 때문에 스파이들의 음모처럼 이런 계획을 세운 걸까? 자신에게 필요한 물건을 전해 받으려면, 그 이름 없는 동료를 자기 집으로 곧장 보내어 가져오게 하는 것이 더 빠르고 확실한 방법이었을 텐데……. 게다가 왜 지킬 자신은 그 일을 직접 못 하는 것일까?

이런 의문에 잠겨 잠시 고민하던 래니언은 찬장을 샅샅이 뒤져서 오래된 연발 권총과 탄약 몇 개를 찾아냈다. 총에 탄약을 장전하노라니, 이 낡은 총이 제대로 발포가 될까 하는 의구심이 들었다. 총을 꺼내 들었다가 오히려 큰 창피를 당하는 것은 아닌지 걱정이 되었다. 하지만 그는 자신을 위협하는 상대도 그것을 모르기는 매한가지일 거라고 생각하며 스스로를 위안했다.

래니언은 평소 환자들이 앉는 의자에 자리를 잡고 앉았다. 앞에 있는 탁자 위에 문제의 그 서랍이 천으로 싸인 채 놓여 있었다. 연발 권총은 의자의 쿠션 뒤에 쑤셔 박아 놓았다.

얼마 기다리지 않아, 자정을 알리는 성 그레고리 성당의 종이 울렸다. 이윽고 조심스럽게 현관문을 두드리는 소리가 들렸다. 그는 몸을 일으켜, 지킬의 심부름꾼을 맞아들이러 나갔다. 그가 문을 활짝 열기도 전에 작은 체구의 사내가 순식간에 안으로 튀어 들어오더니 등으로 문을 쾅 하고 닫았다.

"그건 어디 있소?"

"내 진찰실에 있네, 지킬이 시킨 대로."

래니언이 말을 이었다.

"그런데 왜 이렇게 서두르나?"

"어디 있지? 어디 있지?"

사내는 래니언을 옆으로 밀치고 진찰실의 문을 향해 재빨리 달려갔다.

"아니, 잠깐 기다려 보게!"

래니언은 그의 뒤를 따라가며 화가 나서 말했다.

"난 설명을 들을 자격이 있네! 대체 무슨 일인가?"

진료실의 불빛 아래에서 그는 처음으로 방문객의 얼굴을 분명히 보았다. 그 순간, 자기도 모르게 뒷걸음질을 치고 말았다. 삶의 막바지에 이른 환자들의 뒤틀린 얼굴을 자주 보아 온 그였지만, 이처럼 구역질 나도록 혐오스럽게 생긴 사람은 단 한 번도 본 적이 없었다.

흥분한 채 진료실 안을 끊임없이 서성이던 사내는 갑자기 걸음을 멈추고는 래니언을 향해 말했다.

"그래, 당신 말이 옳아."

그 목소리는 귀에 거슬릴 정도로 불쾌했지만, 예의 바르게 행동하려고 최선을 다하고 있음을 알 수 있었다.

"당신은 분명 그 설명을 들을 자격이 있어, 래니언. 그런데 그전에 지킬 박사가 가져오라고 한 서랍이 어디 있는지부터 알려 주게."

래니언은 눈을 가늘게 떴다. 한 번도 만난 적이 없는 이 사람이 무례하게도 자기의 이름을 부른 것이다. 마치 가까운 친구라도 되는 양. 그렇지 않아도 요즘 지킬이 가까이하는 사람들은 상당히 이상한 자들이라는 생각을 하고 있던 참이었다. 몇 주 전 어터슨이 그 악당, 하이드와도 지킬이 친분이 있다고 말하는 것을 들었다.

악당 하이드! 신문 보도에 따르면 그는 눈빛이 사악하고 몸집이 왜소한 남자였다! 걸음걸이와 몸놀림이 몹시 재빠르고, 귀에 거슬리는 불쾌한 목소리로 말한다는 그 괴한! 댄버스 커루 경을 죽이고, 그 후로도 여섯 명을 더 살해한 악마!

"서랍은 여기 있소."

래니언은 쿵쾅거리며 뛰는 가슴을 애써 진정시키면서 말했다. 그는 하이드의 주의가 흐트러지는 틈을 타, 천을 천천히 잡아당기면서 잽싸게 쿠션 뒤로 손을 넣어서 연발 권총을 잡았다. 그런 다음 왜소한 사내를 향해 그것을 들어 올렸다. 자신의 손이 미세하게 떨리고 있다는 사실을 눈치채지 못하길 바라면서.

사내는 몸이 굳었다.

"무슨 짓이야?"

"어떻게 된 일인지 내게 말한 다음에 그 서랍을 가져가게."

사내의 얼굴이 갑자기 고통스럽게 뒤틀렸다. 이어 뭔가 으스러지는 듯한 소음이 들렸다. 래니언은 그 소리가 사내의 입에서 나오고 있다는 것을 알고 극심한 공포감에 사로잡혔다. 사내는 심하게 일그러진 표정으로 이를 갈았다. 안색은 보랏빛으로 변해 가고 있었으며, 눈은 축축하게 젖어들고 있었다. 그러더니 한 손으로 가슴을 부여잡은 채로 비틀거렸다.

"제, 제, 제발, 래니언!"

그가 다른 손으로 탁자의 모서리를 움켜잡으며 흐느꼈다. 래니언은 너무도 당황한 나머지, 무엇을 어떻게 해야 할지 알 수가 없었다. 여기에 우두커니 서서 이 사내가 죽는 것을 바라보고 있을 수만은 없었다. 그러면서도 이자를 믿을 수 없다는 생각이 들었다. 그는 무슨 일이 있어도 연발 권총은 내려놓지 않겠다고 마음먹었다.

"무엇이 필요한가? 어떻게 하면 당신을 도와줄 수 있지?"

래니언이 물었다.

"비커!"

사내가 날카롭게 외쳤다.

"혼합물을 섞어야 해!"

여전히 연발 권총으로 그를 겨냥한 채, 래니언은 손을 뒤로 뻗어 선반에서 빈 비커를 가져왔다.

"여기 있네."

사내는 격렬하게 떨리는 손으로 그것을 건네받은 뒤 지독한 냄새를 풍기는 핏빛 액체가 담긴 용기의 코르크를 뽑았다. 하얀 연기가 원자구름처럼 피어오르자 래니언은 뒤로 한 발자국 물러났다. 하지만 사내는 그것에 이미 익숙한 듯 아무런 반응을 보이지 않았다. 그사이 벌써 가루가 담긴 병의 뚜껑을 돌려서 열고 있었다.

왜소한 사내는 래니언이 준 비커에 액체를 조금씩 똑똑 떨어뜨렸다. 절박함으로 온몸을 부들부들 떨면서도 단 한 방울도 흘리지 않고 조심스럽게 액체를 비커에 부었다. 액체의 높이가 비커의 옆면에 새겨진 눈금에 맞춰 올라가는 것을 지켜보던 그는 그제야 원하는 양을 채웠다고 판단했는지, 용기의 코르크 마개를 막고 그것을 옆으로 밀어 놓았다.

래니언은 그가 뒤틀리는 손발을 억제하려고 거의 초인적인 노력을 기울이고 있다는 사실을 알아차렸다.

"래니언."

사내가 쥐어짜는 듯한 목소리로 말했다.

"자네에게, 한 가지 경고할 것이, 있네. 원한다면…… 지금 여길 나가서, 이다음에 일어날 일을, 보지 않아도 돼. 아마 그러는 편이…… 자네에게 좋을 거야. 일을 마치고 나서, 나는 뒷길로 나갈 테니까. 그렇게 한다면 자넨…… 누구보다도 현명한 사람일세."

사내는 한 마디 한 마디 내뱉을 때마다 얼굴을 고통스럽게 일그러뜨리며 이를 악물었다. 그렇지만 그는 어떻게 해서든 하려는 말을 끝내기로 작정한 듯 보였다.

"그래도 자네가 고집한다면, 여기서 이제…… 무슨 일이 일어나는지 지켜봐도 되네. 그러고 나면…… 요즘 런던에서 일어나고 있는, 괴이한 사건들에 대한 실마리를 풀 수 있을 거야. 하지만 그건, 그리 만족스럽지 않을지도 모르네. 자네가 여기 있겠다고 결정한다면…… 나는 그 뒷일을 책임질 수 없어. 그러지 말라고 충고하고 싶지만, 자네의 선택에 맡길 수밖에."

사내는 숨을 몰아쉬며 간신히 말을 끝냈다.

"난 여기 있겠소."

래니언이 떨리는 목소리로 말했다.

"당신이 눈앞에 보이지 않으면 믿을 수가 없으니까."

의심에 찬 그의 말에 사내는 고개를 한쪽으로 기울이면서 대답했다.

"좋아. 하지만 난, 분명히 경고했네."

래니언이 바라보는 가운데, 사내는 붉은 액체가 들어 있는 비커에 하얀 가루를 톡톡 쳐서 조금씩 넣었다. 비커를 빙글빙글 돌리자 액체가 파랗게 변했다. 여전히 사내는 몸을 통제하려 애쓰고 있었다. 폭발할 듯 격렬하게 움직이는 자신의 팔다리를 엄청난 인내심으로 억누르고 있었다.

그는 가루를 조금씩 더 넣고서 비커를 다시 빙글빙글 돌렸다. 이제 액체는 빛나는 파란색을 잃고 진흙 같은 갈색이 되어 가고 있었다. 사내는 만족한 표정으로 거센 숨을 내뱉었다.

"마지막 경고야, 래니언."

이렇게 말하는 그의 얼굴은 이제 정말로 무시무시한 보랏빛이 되었고, 점차 검은색에 가까워져 가고 있었다. 그는 분명 참기 어려운 고통을 겪고 있었다. 래니언은 그 자리에서 꼼짝도 할 수가 없었다.

"이 자리에서 한 발짝도 벗어날 수 없다는 거지, 응?"

사내가 억지로 미소를 지으며 덧붙였다.

"그렇다면…… 뒷감당은 자네 몫일세."

래니언이 막을 틈도 없이, 그는 마지막으로 비커를 한 번 흔들고 나서 머리를 뒤로 젖히더니 액체를 한입에 비웠다. 잠시 후, 그는 마치 몸속 장기들이 비틀려 떨어져 나가는 듯한 비명을 질러 댔다. 두 손으로 목을 움켜쥐고 뒤로 비틀거리다가, 의자에 걸려 넘어져서 바닥에 쾅 부딪혔다.

래니언은 소스라치듯 놀라 그의 모습을 바라보았다. 사내의 눈동자는 눈두덩 안에서 위로 돌아갔고, 마치 보이지 않는 손이 그의 머리를 잡아 비틀어 목에서 떼어 내기라도 하려는 듯이 경련을 일으키며 머리가 좌우로 흔들렸다. 그의 뒤꿈치는 진찰실의 얄팍한 카펫을 쾅쾅 내리쳤다.

시간이 얼마나 흘렀는지 짐작조차 할 수 없었다. 삼십 초일 수도, 삼십 분일 수도 있었다.

마침내 사내가 쓰러졌다. 래니언은 그가 무시무시한 죽음의 고통 속에서 숨을 거둔 것이 분명하다고 생각했다. 그래서 그쪽을 차마 바라볼 수가 없었다. 사내가 쓰러짐과 동시에 날카로운 비명 소리가 멈추고 잠시 동안 정적이 흘렀다.

그런데 갑자기 사내의 거친 숨소리가 터져 나왔다. 약간 쉰 했지만, 상당히 침착한 목소리가 들려왔다.

"이제 자네는 내 하찮은 비밀을 알게 되었군, 래니언."

래니언은 고개를 돌려 소리가 난 쪽을 바라보았다.

"지킬?"

"그래, 바로 나야."

지킬은 바닥에서 일어나려 하고 있었다. 관절에 통증이 오는 듯 얼굴을 찡그리면서 천천히 일어섰다.

"헨리 지킬, 바로 나일세. 불과 이 년 전까지 의학계에서 촉망받는 의사였던 내가 이제……, 이렇게 되어 버렸다네!"

래니언은 충격에 휩싸여 의자에 털썩 주저앉았다.

"말도 안 돼! 이건 불가능한 일이야!"

"불가능한 것은 아니지."

지킬은 느릿느릿 걸음을 옮겨 책상 뒤에 있는 의자에 앉았다. 마치 자신이 의사 래니언이고, 래니언이 그의 환자인 양…….

"단지 있을 법한 일이 아닐 뿐이지."

"하지만……."

지킬은 손을 들어 그의 말을 막았다.

"이제 자네는 진실을 알게 되었네, 래니언. 하지만 그 과정에 대해서는 아무것도 몰라. 내가 설명해 주지. 아무래도 이제 모든 일에 대해서 누군가에게 말을 할 때가 된 것 같네. 이럴 때 절친한 옛 친구보다 더 말하기 좋은 상대가 어디 있겠나?"

그는 또다시 얼굴을 찡그렸다.

"비록 우리 사이가 늘 원만했던 것은 아니지만……. 음, 그래도 내 말을 좀 들어 주게나."

래니언은 이마에 식은땀이 솟아오르는 것을 느꼈다. 그는 젊지도 않을뿐더러, 최근 들어 건강이 급속도로 나빠지고 있었다. 아직도 그의 심장은 방금 전에 일어난 일로 받은 충격이 가시지 않아 격렬하게 뛰고 있었다. 어떻게 해서 자신의 친구 지킬이, 조금 전까지 함께 있던 사악한 얼굴을 가진 자를 대신하여 이곳에 있는 것일까?

래니언은 지킬의 손을 내려다보고, 와이셔츠의 소맷부리에 달려 있는 단추를 보았다. 왜소한 사내가 입술에 비커를 갖다 댈 때 보았던 것과 똑같았다. 그제야 그는 뭔가 어렴풋이 이해가 되었다.

"그 사내와 자네는 한 사람이군!"

믿기지 않는다는 듯한 목소리였다.

"그렇다네, 그게 진실이지."

지킬의 입가에 구슬픈 미소가 떠올랐다.

"하지만……, 어떻게?"

"몇 년 전 내가 자네에게 얘기해 준 이론을 기억하나? 그때 자네는 내가 말한 그 이론이 미친 짓이라고 했지. 그래, 자네가 옳았어. 그리고 어떤 면에서는 틀렸지. 자네가 틀린 건 내 이론이 완벽하게, 무시무시할 정도로 실현 가능했다는 사실이고, 자네가 옳은 건 그 이론을 나처럼 끝까지 추구한 것은 결국 미친 짓이었다는 사실이네. 나는 이제 그것을 깨달았어. 오, 난 과학의 이름으로 끔찍한 일들을 저질렀네, 래니언!"

지킬은 손으로 얼굴을 감싸고 울음을 터뜨렸다. 래니언은 가슴 한쪽이 무겁게 짓눌리는 듯한 고통을 느끼면서 말했다.

"모든 걸 이야기하게, 지킬."

지킬은 울음을 멈추고 천천히 마음을 가라앉힌 다음 이야기를 시작했다.

제 9 장
지킬의 고백

몇 년 전, 내가 아직 젊고 의사로서 연륜을 쌓은 지 그리 오래되지 않았을 무렵, 나는 삶이 무척 즐거웠다네. 여생을 편하게 지낼 만큼 충분한 돈을 물려받았고, 진료를 하면서 꽤 많은 수입도 벌어들이고 있었지. 매일 저녁 마지막 환자를 보고 나면, 집에서 책을 읽거나 번화가로 나가거나 둘 중 하나였어. 젊은 남자가 무엇을 선택했겠나?

그래서 낮에는 착실하고 안정된 지킬 박사로서, 환자들에게는 신뢰를 얻고 의학계 동료들로부터는 존경을 받았지. 그리고 밤에는, 아아, 밤에는 방종한 지킬이었네. 시내에 있는 모든 음악당과 화이트채플 거리, 소호 거리의 술집에서 나를 모르는 사람이 없었다네. 내 사생활은 포도주와 여자, 그리고 노래로 점철된 것이었어. 낮 동안의 진료 시간에 내가 세상에 보여 주는 모습과 달라도 그렇게 다를 수가 없었어.

그렇게 이중 생활을 하다 보니 그 모든 게 점점 부담스럽게 느껴졌네. 성실한 나와 방종한 나 중 하나를 포기해야 했지. 난 당연히 흐트러진 삶을 사는 나를 버렸다네.

나는 방탕한 생활에 빠졌던 나를 반성하고 그 시간들을 만회하려고, 온 힘을 다해 과학 이론을 연구하고 여러 가지 자선 활동을 했어. 가난한 사람들을 돕고 여러 병원에 돈을 기부했지. 하지만……, 밤을 즐기던 나 자신을 쉽게 잊을 수가 없었네.

실은 래니언, 이 모든 일이 나는 무척 특이하게 느껴졌네. 그 세월 동안 나는 사실상 전혀 다른 두 사람이었던 거야. 만일 자네가 단정히 접은 우산을 들고 길을 걸어가는 반듯한 지킬 박사와, 양팔에 술 취한 여자를 끼고 있는 망나니 같은 지킬을 나란히 보았다고 해 보세.

자네는 그 두 사람이 같은 사람이라고 생각하기는커녕, 그들이 서로 관련이 있다는 것조차 전혀 짐작하지 못했을 거야. 만일 자네가 그 두 사람을 서로에게 소개시켜 주었다고 할지라도, 그 둘은 할 말이 별로 없어서 난감해했겠지.

그래서 나 스스로에게 물어봤다네. 이제 난 완벽한 지킬 박사인데, 혹은 그렇게 보이는데, 쾌락을 즐기던 나는 대체 어디로 사라진 걸까? 완전히 파괴되어 버린 것일까? 아니면 아직 내 안에 살고 있으면서 다시 등장할 때를 기다리는 것일까?

나는 완전히 사라졌다는 사실은 믿을 수 없었어. 그래서 아직 내 안에 머물러 있다는 생각 쪽이 더 그럴듯하게 여겨졌네. 그는 '나'라는 동전의 뒷면이었지. 그가 악랄한 사고뭉치라면, 나는 사회의 기둥이랄까. 사회의 기둥이 지킬 박사로서 성실하게 살아가는 동안, 사고뭉치는 웅크린 채 잠을 자고 있었던 셈이야.

난 궁극적으로 인간의 내면에는 각양각색의 서로 다른 독립된 자아들이 서로 다투며 공존하고 있다고 믿었다네. 나는 나의 내면에 존재하는 도덕성으로부터 인간의 근본적이고 철저한 이중성을 깨달았지. 내 의식 세계에서 두 가지 본성이 다투고 있는 것을 본 거야.

사실 그런 다툼이 있었던 이유는 내가 두 가지 본성을 다 극단적으로 가지고 있었기 때문이었어. 이런 극단적이고 이질적인 이란성 쌍둥이가 의식 세계라는 고통스러운 자궁 안에서 끊임없는 투쟁을 해야 한다는 것은, 인류에게 있어서 저주임이 분명해. 그렇다면 그 둘을 분리하면 좋지 않을까?

하지만 곧 나는 이런 이분법적인 생각이 옳지 않다는 사실을 알게 되었네. 지킬의 성격에 방종한 모습이 조금씩 비치기도 했고, 방종한 지킬의 성격 안에도 모범적인 지킬 박사의 일부분이 명백히 존재했거든. 방종한 지킬은 제멋대로이긴 해도 잔인하거나 악의적인 짓을 한 적이 없었지. 진정으로 나쁜 짓은 하지 않았네. 비록 사회에서는 그의 행동을 강력하게 비난했을지라 도 말일세.

방종한 지킬은 심지어 친절한 행동을 하기도 했어. 한 손으로 는 술병을 들어 입에 대면서도 다른 손으로는 사람들을 도와주 었거든. 그러니까 성실한 지킬은 착한 반면 방종한 지킬은 무조 건 나쁘다는 식의, 그런 단순한 문제가 아니었네.

물론 확실히 성실한 지킬 안에는 악보다는 선이 더 많았고, 방 종한 지킬 안에는 분명히 선보다는 악이 더 많았어. 그들은 서 로 혼합되어 있었네. 사람들은 나를 한 사람으로 보았지만, 사실 나는 두 명이었어. 조금씩 서로 영향을 주고받으며 섞여 있긴 했지만 악한 사람과 선한 사람이 동시에 들어 있는 것이었지. 만일 내가 어떤 식으로든, 악한 사람을 선한 사람으로부터 분리 할 수 있다면, 내 안에서 악한 사람을 완전히 몰아낼 수 있을 거 라는 생각이 들었네. 그리고 내가 그저 나 자신에 대해서만 그 렇게 생각하고 있었던 것은 아니었어.

래니언, 생각해 보게. 만약 이 세상에 선한 사람들만 살아간다 면 얼마나 행복하겠나! 만약 그렇게 된다면 자네와 내가 신뢰할 수 있는 완벽한 성인이 존재할지도 모르지! 그렇지만 사람이라 면 누구나 선한 부분과 악한 부분을 함께 가지고 있다네.

이런 생각을 하면서 나는 육체의 본질에 의문을 품기 시작했지. 자네도 기억하겠지만, 내가 바로 이 질문을 던졌을 때 자네는 우리의 오랜 우정을 깨뜨리고 절교했네. 래니언, 하지만 난 그 이전에도 몇 년 동안이나 계속해서 스스로에게 그러한 질문을 던져 왔어.

우리의 육체는 늙어 가는 것을 제외하고는, 너무나 견고해서 영원히 변하지 않는 것처럼 보이지. 우리의 영혼은 육체 안에 살지만, 우리는 영혼이 육체에 어떤 식으로든 영향을 미친다는 생각은 하지 않네. 바로 이것이 내가 받아들이기 힘든 사실이었어.

예를 들어 새 집으로 이사를 가면 우리는 어떻게 해서든지 자신이 지켜 왔던 취향에 맞게 집을 꾸미기 위해 노력하지. 성실한 지킬 박사라면 단조로운 잿빛 커튼을 창문에 달았겠지만, 만일 방종한 지킬이 하고 싶은 대로 할 수 있었다면 분명히 화려한 무늬의 번지르르한 천으로 바꿨을 거야.

그렇다면 왜 영혼은 그것이 살고 있는 집, 즉 육체에 만족해야만 하겠나? 어떤 변화를 원하지는 않을까? 실제로 커튼을 바꾸는 것처럼 육체 또한 바꾸고 싶지 않겠나? 칠도 다시 하고, 심지어 새 창을 내고 싶어 할지도 모르지. 다시 말해 가능하다면 영혼은, 자신을 더 적절하게 표현하기 위해서 육체를 개조할 거란 말일세.

이의를 제기하고 싶겠지, 래니언. 그래, 정상적인 사고를 가진 사람이라면 당연히 그렇겠지. 그렇지만 우리 모두는 아름다운 여인과 잘생긴 남자가 악한 마음을 가지고 있다는 사실을 알고 있네. 그들의 사랑스러운 겉모습은 그들의 영혼이 일으킨 사기 행각이야!

더불어 우리는 끔찍할 정도로 추악하게 생겼으면서도 그 마음과 행동만은 상상할 수 없을 만큼 친절하고 훌륭한 인간들도 알고 있지. 하지만 이런 경우는 그들의 영혼이 이미 화려하게 빛나고 있으므로 자만심 따위도 없고 내면의 아름다움을 굳이 밖으로 드러낼 필요도 없지 않은가?

난 다양한 화학 물질을 가지고 실험을 하기 시작했네. 물론, 그 약물들을 오직 내 몸에만 시험했어. 내 연구가 얼마나 위험한지 잘 알고 있었지. 그리고 거듭된 실험 결과, 나는 내 육체를 변화시킬 수 있는 가능성을 발견했네. 그리 길지 않은 시간 동안 말일세. 만일 그 단계에서 내가 얻은 결과를 세상에 발표했다면, 래니언, 과학계가 얼마나 나를 환호하며 맞아 주었을지 상상할 수 있겠나? 내 이름은 모든 시대를 통틀어 가장 대단한 의학자로 역사에 길이 남았을 거야!

하지만……, 그 착실한 지킬 박사도 성인은 아니었네. 나는 내가 발견한 성과를 아무에게도 말하지 않았어. 더 큰 욕심이 생겼거든. 훨씬 더 굉장한 것을 세상에 알리고 싶었던 거야! 그러면서 나의 내면의 악한 마음과 선한 마음을 분리하려는 실험을 계속했네. 머지않아 두 갈래의 연구를 결합할 수 있을 것 같았지.

연구는 내가 생각했던 것보다 훨씬 더 어려웠네. 나는 목표 지점에 거의 다다랐지만, 몇 년 동안 매우 조심스럽고 끈기 있게 실험을 계속했어. 투약하는 양을 아주 소량씩 바꾸기도 하고, 지극히 사소한 재료를 바꿔 보기도 했지.

결국 나는 성공했다네! 지금 내가 절실히 깨닫고 있듯이, 그건 인간이 거둔 성공 중 가장 추잡하고 위험한 것이었지.

어느 날 늦은 밤에 하인들이 모두 잠자리에 든 다음, 나는 내게 필요한 혼합물을 한 치의 오차도 없이 섞었어. 그때 난 기도했네, 래니언. 자네가 믿을지 모르겠지만, 내 지식을 현명하게, 인류의 이익을 위해서 쓰겠다고 기도했지. 내가 세상을 구원하는 일을 바로 눈앞에 두고 있다고 여기면서.

그리고 나는 그것을 마셨네. 그러고 나서 일이 분 동안 아무 일도 일어나지 않았어. 내가 흥분한 나머지, 재료들을 잘못 측정했는지도 모른다는 생각이 들더군. 하지만 다음 순간 변화가 느껴지기 시작했네. 그건 고통이었어, 래니언. 표현할 수 없을 만큼 엄청난 고통! 그 첫 번째 경험이 가장 힘들고 견디기 어려웠지. 지금도 그때를 떠올리면 목구멍에서 신음 소리가 저절로 터져 나와.

맞물린 위아랫니가 서로를 닳아 없어지게 하려는 듯 부드득 갈렸네. 두개골이 커졌다가 오그라들면서, 비틀리고 찢기는 것 같은 기분이 들었어. 턱은 튀어나갈 것만 같았고. 나는 정말 죽을 거라고 생각했네. 차라리 죽여 달라고 기도를 할 정도였으니까.

그런데 서서히 그 고통이 사라져 갔네. 세상이 다시 선명하게 보이기 시작했지. 내가 지금껏 봐 온 것보다 더욱 선명하게 말일세. 모든 감각이 엄청나게 예민해져 있더군.

실험실의 공기는, 전에 나던 고약한 냄새가 말끔히 사라지고 어느새 쾌적한 향내로 채워져 있었네. 심지어 싱크대의 하수구에서 나오는 톡 쏘는 듯한 썩는 냄새도 내겐 향기롭고 상쾌하기만 했어. 아주 작은 소음도 내게는 노랫소리처럼 들렸지. 나는 멀리 떨어진, 인적이 드문 숲속에서 울리는 참새 소리도 들을 수 있을 것 같은 기분이었어……. 마치 신이 된 것 같았지!

무엇보다 중요한 것은, 순수한 생명 그 자체를 느낄 수 있다는 사실이었지. 난 다시 젊은이가 되었다네! 내 몸의 세포 하나하나마다 활력이 넘쳐흘렀어. 내 피는 이제 그냥 피가 아니었거든. 그것은 포도주였지! 올림포스의 신들이 마셨던 포도주 말일세!

하지만 내가 그때까지 전혀 알지 못했던 것이 있었어. 그것은 바로 생명은 덕을 갖춘 것이 아니라는 사실이었네. 생명은 생명 자체일 뿐, 조금도 희생적이지 않았어. 그것에게 자비로운 선행의 미덕을 기대할 수는 없었지.

자네와 나, 의식이 있는 인간들이 쓰는 말로 표현하자면, 생명은 바로 '악'이었네! 난 그 악에 빠져 뒹굴었어! 그 안에서 춤을 추었지! 난 여태껏 살았던 사람들 가운데 최고의 악인이었어.

내 안에 선량함이란 조금도 없었지.

나는 세상의 주인이었네. 왜냐하면 나는 도덕성이라는 감정에 전혀 신경을 쓰지 않았거든! 내가 원하는 것은 무엇이든지 할 수 있었고, 내 마음은 이미 사악한 행위들을 저지를 준비가 되어 있었지!

난 거울을 움켜잡고 내 모습을 비춰 보았어. 평소의 지킬 박사보다 키가 훨씬 작더군. 그리고 그보다 절반쯤 어려 보이고 두 배쯤 더 잘생겼다는 생각이 들어서 흡족했다네. 물론 정상적인 사람들에게는 나의 외모는 역겨울 만큼 추악한 것이었지만, 모두가 나를 잘생겼다고 생각하도록 만들 수 있는 순수한 힘이 있는데 무슨 상관이겠나?

하지만 순간 나는 멈칫했지. 그렇게 만들어진 나는 몹시 교활했거든. 세상 사람들이 나보다 열등한 생물들이라는 사실은 틀림없지만, 그들은 다수이기 때문에 언제든지 날 제압해 목매달아 죽일 수 있을 거라는 생각이 들었어. 그것 때문에 세상 사람들이 나를 똑똑히 지켜볼 때에는 내가 원하는 악한 행동을 마음껏 할 수가 없었지!

난 숨을 곳이 필요했네. 답은 바로 보였어. 끔찍하게 따분한 사회의 기둥, 헨리 지킬 박사의 가면 뒤에 숨는 것보다 더 좋은 방법이 어디 있었겠나?

난 다시 비커에 약을 가득 섞었네. 한쪽으로는 이미 성공했지만 다른 쪽으로도 될까? 난 생각할 틈도 없이 그것을 들이켰네. 그리고 그건 성공이었지! 고통은 이전과 마찬가지로 극심했지만, 이번에는 그걸 즐기려 했어. 고통이란 생명의 가장 순수한 표현들 가운데 하나가 아닌가? 그 달콤한 고통이 서서히 사라지기까지 긴 시간이 흘렀어. 그리고 다시 거울을 봤을 때, 그 자리에는 헨리 지킬이 있었네!

지킬은 말을 멈추었다. 래니언 박사가 기침을 하기 전까지 긴 침묵이 흘렀다. 기침 소리에 깜짝 놀란 지킬은 마치 황홀경에서 깨어난 듯한 표정이었다.

"그때가 내가 에드워드 하이드를 처음으로 만난 때였네. 그리고 그에게 '하이드'라는 이름을 붙인 건, 당연히……."

래니언이 자리에서 일어나며 말했다.

"그래, 알 것 같네. 그는 평소에는 지킬 안에 '숨어' 있어야 했기 때문이지. 내가 이제껏 듣고 싶었던 것 이상으로 충분히 들은 듯하네. 이제 그만 돌아가 주면 고맙겠어. 이 집에서 나가 다시는 돌아오지 않았으면 좋겠네."

래니언은 자신도 모르는 사이에 바닥에 떨어뜨렸던 안경을 주워서 코 위에 걸었다.

"래니언, 혹시 자네 〈늙은 선원의 노래(The Rime of the Ancient Mariner)〉를 아나?"

지킬이 나직이 물었다.

"콜리지의 시 말일세. 일단 늙은 선원이 이야기를 시작하면, 그 이야기가 끝날 때까지는 그걸 멈출 방법이 없다네. 나는 그 시에 나오는 늙은 선원과 비슷해. 하지만 내 이야기는 그 선원의 이야기보다 더 길고 더 잔혹하지."

래니언이 움직일 힘도 없이 가만히 앉아 있는 동안, 지킬은 계속해서 하이드가 저지른 끔찍한 일들을 낱낱이 들려주었다.

제 10 장

최 후

며칠 뒤, 래니언은 자신이 죽어 가고 있다는 사실을 깨달았다. 하이드가 왔던 그 무서운 밤 이전에 이미 그의 건강은 상당히 악화되어 있었다.

그날 밤, 지킬이 그에게 들려준 하이드의 악행은 너무나 소름 끼치고 감당할 수 없을 정도로 무서워서, 그를 죽음의 절벽으로 더 가까이 떠미는 듯했다. 그가 보고 들은 모든 것들 앞에서는 설령 건강이 온전한 상태의 사람이라 할지라도 삶에 대한 의욕을 잃었을 터였다.

경찰은 계속해서 하이드를 추적하고 있었지만, 보기에 애처 로울 정도로 헛수고에 그쳤다. 하이드는 계속해서 살인을 저질렀다. 그리고 그 피해자들이 죽기 전에 당해야 했던 일들은 갈수록 더 참혹했다.

래니언은 더 이상 이 세상에 머물고 싶지 않았다. 그는 차라리 죽음을 기다렸다. 죽음 뒤에 자신을 기다리고 있는 것이 천국이든 공허든 개의치 않았다. 이렇게 살아가느니 차라리 공허가 더 나을 것 같았다. 더욱이 지킬의 이야기를 듣고 나자, 그동안 굳게 믿어 왔던 천국의 존재마저 의심스러웠다.

하지만 세상을 떠나기 전, 살아 있는 자들에게 자신이 보고 들은 것을 알려 주어야 할 의무가 있었다. 그날 지킬은 푸른빛이 감도는 어스름한 새벽녘 거리로 나서기 전에 래니언에게 한 가지 약속을 받아 냈다. 두 사람 다 살아 있는 동안에는 지킬의 비밀을 절대 누설하지 않겠다는 약속이었다.

사실 그는 당장이라도 그 약속을 깨뜨려야 한다고 생각했지만, 그럴 용기가 나지 않았다. 그가 지금의 상황에서 할 수 있는 최선의 방법은 지킬과 자신이 죽고 난 뒤에 다른 사람들이 진실을 알 수 있도록 글을 남기는 것뿐이었다.

어느 날 저녁, 그는 소진되어 가는 기운을 간신히 그러모아 자신이 보고 들은 사실을 하나하나 써 내려갔다. 그 이야기를 회상하려니 처음 그 이야기를 들었을 때 못지않게 고통스러웠다. 하지만 감수해야만 하는 일이었다.

역겨우리만큼 잔혹한 일들에 대해 그 누구보다 자세히 알고

있을 뿐 아니라, 그것을 저지른 자가 다름 아닌 바로 자신의 피
와 살로 이루어진 또 다른 자아라는 사실을 알고 있는 지킬은
얼마나 더 고통스러울 것인가.

래니언은 남에게 특별히 관대한 사람은 아니었지만, 지킬을
어느 정도 용서하고 있었다. 그가 날마다, 아니 매 순간 겪고 있
을 정신적 고통을 짐작할 수 있었기 때문이다.

지킬이 새벽녘 거리로 사라지기 바로 전에 덧붙여 말한 것이
있었다. 바로 두 달 전에 그는 다시는 약을 마시지도, 손을 대지
도 않겠노라고 스스로 맹세했다는 것이다. 에드워드 하이드가
그렇게 영원히 죽도록 내버려 두었다고 했다. 그리고 거의 팔
주 동안 최선을 다해 그 맹세를 지켰다.

그 후 하이드가 분명하게 사라졌다고 믿으며, 지킬은 자신의
삶에 더없이 충실했다. 하지만 젊은 시절 방종한 지킬이 성실
한 지킬 안에 숨어 있었던 것처럼, 하이드는 그저 잠을 자듯 웅
크리고 있었던 것뿐이었다. 어느 날 밤, 약을 마시지도 않았는데
하이드가 지킬의 육체를 뚫고 나왔다. 마치 외투를 벗어 던지듯
지킬을 던져 버린 것이었다.

하이드 안에서 아주 작고 약한 존재로 살아남아 있던 지킬은
죽을힘을 다해 왜소한 사내를 유리 찬장 쪽으로 끌고 갔다. 거
기서 가까스로 일회분의 약을 섞고 그것을 마시게 했다.

그러나 그 후로 하이드는 아무 때나 예고 없이 등장했다. 물

론 그 정도로 지킬이 어리석지는 않았지만, 거리에서 산책을 하거나 극장에서 영화를 보다가도 충분히 일어날 수 있을 법한 일이었기에 지킬은 잠시도 두려움을 떨칠 수가 없었다. 그래서 지킬은 하이드로 변할 때마다 지체없이 그에게 더 많은 양의 약을 마시도록 하기 위해서 자기 자신을 연구실 안에 가두었다.

하지만 래니언의 집으로 가기 전날 밤, 그는 도저히 하이드를 붙잡아 놓을 수가 없었다. 하이드는 다음 날 새벽까지 이어진 술자리에서 온갖 추태를 보이며 말썽을 부렸다. 그러고는 술에 만취한 상태로 화이트채플 거리 전역을 누비고 다녔다.

지킬이 하이드를 제어할 수 있었던 짧은 순간에, 그는 경찰이 자신의 집을 주시하고 있는 것을 보았다. 만약 그대로 집에 들어간다면 곧장 체포되리라는 것을 알아차리고 래니언과 풀에게 각각 한 통씩 편지를 썼다. 그러고는 거리에서 만난 한 소년에게 반 페니짜리 동전을 쥐어 주면서 그것들을 배달해 달라고 부탁했다.

그러나 지킬은 이 정도의 통제력으로 얼마나 버틸 수 있을지 확신이 없었다. 하이드는 분명히 얼마 지나지 않아 다시 나타날 것이었다. 어쩌면 이번에 나타나면 영원히 존재할지도 모르는 일이었다. 가장 큰 문제는, 하이드가 세상에서 추방되었던 두 달 동안 약을 만드는 데 필요한 약품들을 제공하던 약국이 문을 닫았다는 사실이었다. 다른 약국들을 찾아가 똑같은 약품들을 사

서 실험해 보았지만 혼합물은 완전히 동일하지 않았다. 그리고
그렇게 만든 약은 전혀 효과가 없었다.

지킬은 이제 더 이상 자신의 몸을 지배하고 있는 하이드를 몰
아낼 방법을 찾을 수가 없었다. 그에게는 최후의 방법만이 남아
있었다.

두툼한 두께의 그 편지는 아침에 도착한 우편물 사이에 끼어
있었다. 어터슨은 무심코 편지를 집어 들었다. 봉투를 뜯으려던
참에야 비로소 그 편지가 다른 편지들에 비해 유난히 두껍다는
사실을 알아차렸다. 안에는 짧은 쪽지와 함께 밀봉된 봉투 하나
가 더 들어 있었다. 짧은 편지엔 이렇게 쓰여 있었다.

어터슨에게

동봉한 편지는 자네에게 보내는 것이네. 하지만 아직은 읽지 말
게. 나는 지킬과 약속을 했다네. 나와 그가 모두 죽을 때까지, 그것
이 담고 있는 내용을 세상에 밝히지 않겠다고 말일세.

이 편지를 내가 죽은 후에 자네에게 보내라고 집사에게 지시해
놓았는데, 이것을 쓰는 지금 나는 죽음이 얼마 남지 않았다는 생각
이 드네. 그리고 내가 죽고 나서 지킬이 너무 오래 세상에 머무르지
않길 바라고 기도하네.

자네는 옛 친구를 상대로 너무 가혹한 말을 한다고 생각하겠지.

하지만 자네가 내 편지를 읽고 나면 이런 내 심정을 이해하고 나와 같은 생각을 할 것이라 믿네.

—친애하는 벗, 해스티 래니언

어터슨은 밀봉된 봉투를 금고에 넣어 두었다. 가슴 깊은 곳에서 슬픔이 밀려왔다. 래니언의 죽음에 대한 슬픔과, 그의 두 친구들이 과학을 둘러싼 경쟁으로 서로를 그토록 증오하게 된 것에 대한 슬픔이었다. 그는 갓난아이처럼 울음을 터뜨렸다.

일주일 뒤 살이 에일 듯이 추운 날, 래니언의 장례식이 치러졌다. 세게 몰아치는 진눈깨비 때문에 무덤 가에 둘러서서 추도를 하는 사람들은 몹시 괴로웠다. 장례식이 끝나자마자 어터슨은 서둘러 집으로 돌아왔다. 저녁 식사를 하기 위해 식탁 앞에 앉은 그의 축축한 바지에서 김이 피어올랐다.

평소에 어터슨은 누군가의 장례식이 끝나면 마음이 홀가분했다. 매장 절차는 죽은 자에 대한 애도를 끝내는 공식적인 선언이라고 생각해 왔기 때문이다. 하지만 이번에는 그렇지 않았다. 여전히 마음이 무거웠다. 지킬의 문제가 아직 마음 한구석에 남아 그를 괴롭히고 있었다.

몰리노가 들어와서 지킬의 집사인 풀이 지금 복도에서 그를 기다리고 있다고 알려 주었을 때, 그는 자기도 모르게 흠칫 놀랐다. 어느 정도는 예상하고 있던 일이었지만 이렇게 빨리 그가 찾아올 줄은 몰랐다.

어터슨은 나이프와 포크를 접시 한쪽에 내려놓고 냅킨으로 입술을 닦으며, 그 나이 지긋한 집사를 만나기 위해 서둘러 아래층으로 내려갔다.

"무슨 일인가? 지킬에게 무슨 일이 있나? 이런 지독한 날씨에 자네를 보낸 걸 보니 아주 심각한 일인가 보군."

"주인님이 저를 보내신 것이 아닙니다, 어터슨 씨."

풀이 불안하게 말했다.

"제가 자진해서 왔습니다."

그 말을 듣고 어터슨은 눈을 휘둥그렇게 떴다.

"하지만 주인님에 관한 일입니다. 저희는 주인님 때문에 몹시 두렵습니다. 주인님이 무서워요. 저희 하인들 모두 두려움에 떨고 있습니다. 정말이지 저희는 참을 수 있는 만큼 참았고, 견딜 만큼 견뎠습니다. 그렇지만 해결할 수가 없었어요. 어터슨 씨가 주인님께 남은 유일한 친구분이시기 때문에 도움을 청해야겠다고 생각했습니다."

"무슨 문제인지 말하게, 풀."

"주인님께서는 지난 여드레 동안 실험실에 틀어박혀서 아무리 사정하고 애원해도 나오지 않으십니다. 쟁반에 음식을 담아 문 가까이에 놓아두는데, 가끔 없어지기도 하지만 대부분은 그대로 있습니다. 하지만 모습을 보이시는 일은 절대 없어요. 그리

고 어느 때엔 저희를 향해 외치는 목소리가 전혀 주인님 목소리
같지 않고, 다른 사람의 것같이 들립니다. 제가 맹세하건대, 한
두 번 정도는 방 안에 두 사람이 있었어요. 두 사람이 마치 세상
전부가 걸린 것처럼 다투곤 했습니다. 그리고 또 한 번은……."

"그만하게."

어터슨이 풀의 말을 끊었다.

"창문을 통해서 무슨 일이 일어나는지 볼 수 없나?"

"주인님이 안에서 천으로 덮어 버렸습니다."

풀이 초조한 듯 두 손을 맞잡고 비틀며 대답했다.

"저희는 아무것도 볼 수 없습니다. 저희가 할 수 있는 것이라
고는 그저 듣는 것뿐인데, 그것도 아주 괴로운 일입니다."

"그저 어려운 실험을 하고 있는 것일 수도 있지."

"저희도 처음에는 그렇게 생각했습니다. 주인님이 필요로 하
는 어떤 혼합물의 재료를 구하기 위해서 저희는 런던에 사는 화
학자들을 모두 찾아다니기도 했습니다. 그렇게 구한 약품을 갖
다 드린 것이 백 번도 넘을 겁니다. 하지만 매번 그것으로는 만
족하지 못하시더군요. 저희가 문밖에 갖다 놓은 그 약품이 사라
지고 몇십 분 정도 지나면 주인님이 신음하는 소리가 들리니까
요. 마치 사탄이 주인님의 영혼을 놀리는 것처럼 말입니다. 저희
는 어찌해야 할지 정말 모르겠습니다."

풀의 눈을 들여다보며 얘기를 듣던 어터슨은 그가 진실을 말

하고 있다는 사실을 알 수 있었다.

"그 집으로 가 보는 게 좋겠군."

어터슨이 이렇게 말하자 풀의 얼굴이 밝아졌다.

"그렇게 해 주시겠습니까, 어터슨 씨? 저희 모두 어터슨 씨께서 그렇게 말씀해 주시길 바라고 있었습니다. 주인님께서는 저희의 호소를 모두 묵살하셨지만, 가장 친한 친구인 어터슨 씨를 위해서는 실험실 밖으로 나오실 수도 있으니까요."

"그렇게 되길 바라세."

어터슨이 침울하게 말했다. 하지만 그의 마음속에서는 희망의 기미가 조금도 느껴지지 않았다. 그는 직감적으로 지킬의 괴이한 행동이 끝나 가고 있음을 느꼈다.

"몰리노! 외투 좀 갖다주게."

그가 큰 소리로 외쳤다.

거센 바람이 몰아치는 밤이었다. 희뿌연 달은 마치 바람이 기울어뜨리기라도 한 듯 비스듬히 누운 채 어두운 하늘에 걸려 있었다. 바람 때문에 말을 나누기조차 어려울 지경이었다. 거리를 오가는 사람들은 아무도 없었다. 차갑고 황량한 거리는 온통 바람이 차지하고 있었다.

어터슨은 런던의 이 지역에 이토록 인적이 드문 것을 본 적이 없었다. 그래서 그런지 더욱 쓸쓸한 기분이 들었다. 오늘따라 다른 사람들의 존재가 사뭇 절실하게 느껴졌다. 그의 마음은 재앙에 대한 예감으로 무겁게 짓눌려 있었다.

이윽고 어터슨과 풀이 지킬의 집 앞에 도착했다. 그들은 마치 안에서 맞닥뜨리게 될 무언가에 대비해 힘을 비축하려는 듯 문 앞에서 잠시 시간을 보냈다. 길 맞은편의 광장 한가운데에 있는 가느다란 나무들이 바람에 이리저리 흔들려 난간에 부딪히고 있었다. 왠지 마음이 한층 더 불안해졌다.

"자, 이제 가세."

어터슨이 마음을 다잡은 듯 단호한 목소리로 말했다.

"정말 갑니다."

풀이 대답했다.

"신께서 우리와 함께하시길."

"아멘."

하인들이 문에 고리를 걸어 잠가 놓은 바람에, 풀이 우편함에 얼굴을 대고 자기 이름을 크게 외치고 나서야 문이 열렸다. 안에는 지킬의 하인들이 겁에 질린 채 한자리에 모여 있었다. 어터슨을 보자 어떤 하녀는 날카로운 소리로 울음을 터뜨렸다. 요리사는 그를 팔로 감싸 안을 듯한 태세로 달려 나왔다.

"당장 그만두게!"

어터슨는 고함을 질렀다.

"만일 자네들 주인이 자네들이 이러고 있는 것을 본다면 뭐라고 하겠는가?”

“이들을 이해해 주셔야 합니다, 어터슨 씨.”

풀이 조용히 말했다.

“이들은 지금 공포에 질릴 대로 질려 있습니다.”

그러고는 울고 있는 하녀에게 당장 울음을 그치라고 호통을 쳤다. 그치지 않으면 그날 밤으로 해고시키겠다고 위협했다.

“될 수 있는 대로 이 일을 빨리 끝내 버리세.”

풀이 감정을 가라앉히자 어터슨이 말했다. 그가 보기에, 풀 역시 거의 기진맥진한 상태인 것 같았다. 그리고 그건 자신도 마찬가지라는 생각이 들자 몹시 울적해졌다.

어터슨과 풀은 뒤에 따라오는 몇몇 하인들과 함께 뒤뜰을 가로질러 실험실 문 앞에 도착했다. 넓은 뜰에서는 바람이 살아 있는 듯 춤을 추면서 사람들의 옷깃을 잡아당겼다. 어터슨이 무심코 하늘을 올려다보니, 갈가리 찢긴 얇은 구름 조각들이 달의 비틀린 미소 너머로 서로를 좇고 있었다.

“이 일을 빨리 끝내 버리세.”

그가 다시 한번 말했다.

“풀, 문을 두드리게.”

문을 두드려도 아무런 반응이 없자, 풀은 손잡이를 잡고 문을 열었다. 문은 의외로 쉽게 열렸다. 안은 칠흑처럼 깜깜했다. 돌연 공포에 질린 풀은, 만일 어터슨이 그를 진정시키기 위해 팔을 잡아 주지 않았더라면 계단에서 굴러 떨어졌을지도 몰랐다.

"일주일이 넘도록 잠겨 있다가 오늘 처음으로 열려 있군요."

풀이 두려움이 묻어나는 목소리로 속삭였다.

"래니언 박사님께서 이곳에 오셨다 가신 후에 주인님께서 새 자물쇠를 달아 놓으셨지요. 그리고 하나뿐인 열쇠를 갖고 계셨습니다."

그는 망설이다가 덧붙였다.

"저는 안에 들어가기가 겁납니다, 어터슨 씨."

"소, 솔직히 말해서, 나도 그렇다네."

어터슨은 자신도 모르게 두려움에 질려 말을 더듬었다.

"하지만 들어가야만 합니다."

풀이 말했다. 뒤에 온 다른 사람들에게 떨어져 있으라고 손짓한 뒤, 그는 어터슨에게 초를 내밀었다. 어터슨이 촛불의 심지 주위를 양손으로 감싸자 풀이 불을 붙였다. 두 사람은 곧 떨리는 걸음을 한 발짝씩 옮기며 실험실 안으로 들어갔다.

안에 들어서자마자, 무거운 정적이 그들을 덮쳐 왔다. 거센 바람이 몰아치고 있는 바깥 풍경과 달리, 그곳은 세상과 아주 멀리 동떨어진 데 같았다. 방 안을 어슴푸레하게 밝히는 촛불의 빛은 처량해 보일 정도로 희미했다. 실험 기계들은 매우 거대해 보였고, 그 그림자들은 전부 모양이 뒤틀린 것마냥 기괴했다.

풀이 촛불을 머리 위로 높이 치켜들었다. 그러자 어터슨의 눈에 실험 기구들이 흐트러져 있는 실험대가 들어왔다. 바닥에는 상자와 종이가 곳곳에 흩어져 있었고, 한쪽 모퉁이에는 예전에 보았던 커다란 발전기가 설치되어 있었다. 극도로 불안감에 휩싸인 어터슨에게는 그것이 마치 침입자에게 덤벼들려고 웅크리고 있는 정체불명의 괴물처럼 느껴졌다.

"지킬이 보이지 않는군."

그는 헛기침을 하면서 쉰 목소리로 말했다. 풀이 뭐라고 대꾸하려는 찰나, 어디선가 나지막한 신음 소리가 들려왔다. 두 사람은 소스라치게 놀랐다.

"이 소리, 들었나?"

어터슨이 속삭였다. 풀이 침을 꿀꺽 삼키는 소리가 유난히 크게 울렸다.

"저쪽 연구실에서 난 것 같습니다."

풀은 끝에 있는 계단과 문을 바라보면서 고개를 끄덕여 보였다. 작은 촛불 하나로 물리치기에는 벅찬 어둠이 주위를 감싸고 있었다. 두 사람은 물건들이 흩어져 있는 바닥을 더듬거리며 간신히 연구실의 계단 발치에 도착했다. 그들은 서로를 마주 보며 어깨를 으쓱했다.

"이건 제가 할 일이죠, 어터슨 씨."

풀은 이렇게 속삭이며 마지못한 듯 계단을 올라갔다. 올라가는 뒷모습이 어느 순간에든 달아날 준비가 되어 있는 태세였다.

그는 계단 꼭대기에 도착해서 조용히 문을 두드렸다.

한 번, 두 번. 안에서 신음 소리가 다시 들리더니, 이내 낮은 목소리가 흘러나왔다.

"물러가."

"주인님을 만나기 위해 어터슨 씨가 오셨습니다."

풀이 큰 소리로 말했다.

"주인님의 친구인 변호사 어터슨 씨 말입니다."

"그 친구에게도 물러가라고 해. 난 그 누구도 만날 수 없어."

낮은 목소리의 주인공이 흐느껴 우는 소리가 들렸다. 풀은 실험실의 한쪽 구석으로 어터슨을 데리고 갔다. 뜰을 향해 열린 실험실 문 너머로 초조한 얼굴로 서성거리는 하인들이 보였다. 마치 그들은 이쪽과 다른 세상에 있는 것처럼 느껴졌다.

"말씀해 보세요."

풀이 다급히 물었다.

"저 목소리가 제 주인님의 목소리였습니까?"

"아주 많이……, 변한 것 같네."

어터슨이 천천히 대답했다. 그는 자신의 얼굴이 파랗게 질려 가는 것을 느꼈다.

"변했다고요?"

풀이 코웃음을 치며 말했다.

"저는 이십 년 동안 주인님을 모셨습니다. 그런 제가, 아무리

변했다고 해도 주인님의 목소리를 알아듣지 못할 거라고 생각
하십니까? 어터슨 씨, 주인님이 확실히 아니었습니다!”

“그렇다면 누구지?”

어터슨이 쉰 목소리로 속삭였다. 그는 답을 알고 있었지만, 짐
짓 그 사실을 부정하며 다른 답을 찾기 위해 애를 썼다.

“어쩌면 몸을 너무나 지독하게 혹사시켜서 목소리가 완전히
바뀌어 버리는 무서운 병을 앓고 있는지도 모르지. 그래서 병이
낫게 하는 데 필요한 약품을 구하기 위해 자네와 하인들을 약국
에 보낸 것이 확실해! 그는 자신의 병을 알고 있고, 그가 하려고
하는 건······.”

“그건 주인님의 목소리가 아니었습니다.”

풀이 딱 잘라 말했다. 어터슨은 잠깐의 침묵 끝에 다시 입을
열었다.

“그렇다면 그것이 누구의 목소리였는지 알아내는 수밖에 없
겠군. 문을 부숴야겠어.”

어터슨의 말에, 풀은 밖에 있는 하인들 쪽으로 돌아서서 크게
외쳤다.

“누가 헛간에 가서 곡괭이 좀 가져오게.”

잠시 후 어터슨은 무거운 곡괭이를 손에 쥐고 있었다. 그리고
그는 풀이 마부에게 마이터 코트로 나 있는 문 앞을 지키고 있
으라고 지시하는 소리를 들었다. 그렇지만 그의 생각은 다른 곳

을 헤매고 있었다. 지킬이 연구실 안에 있다는 확신이 들었지만, 그가 죽었을지 살아 있을지 추측할 수가 없었다. 그리고 그들에게 대답한 그 목소리가 어터슨이 오래전 어느 추운 밤에 실험실의 뒷문에서 만난 왜소한 사내의 그것과 똑같다는 생각을 하고 있었다.

"하이드."

그가 한숨을 내쉬면서 중얼거렸다. 풀은 그의 말을 듣고 대답했다.

"저도 그렇게 생각합니다, 어터슨 씨."

두 남자는 서로를 바라보며 그 자리에 못 박힌 듯 한참 동안 서 있었다.

"경찰을 데려오라고 부엌에서 일하는 아이를 보내기는 했지만, 우리가 먼저 저곳에 들어가는 것을 주인님도 바라시지 않을까요?"

그의 목소리는 점점 작아졌지만, 어터슨은 풀이 무엇을 생각하고 있는지 알고 있었다. 경찰이 도착해 포위 공격을 하면 내일 아침 모든 신문에서 그 사실을 요란하게 다룰 것이므로, 지킬이 그것을 바라지 않을 것이라는 얘기였다. 만일 죽어 있는 지킬을 발견한다 하더라도, 그런 식으로 그의 이름이 저속한 신문에 실리지 않도록 하는 편이 더 나을 테니까.

"동의하네."

어터슨이 말했다. 풀은 벽의 갈고리에서 화재용 도끼를 내렸다. 두 남자는 다시 연구실 계단 밑으로 다가갔다. 어터슨은 풀의 팔에 손을 대고는 그에게 가만히 있으라는 뜻으로 고갯짓을 했다.

"지킬!"

그가 소리쳤다.

"나야, 어터슨! 당장 자네를 만나야겠네!"

"꺼져!"

분명히 하이드의 목소리였다. 어터슨은 이제 그것을 확신했지만, 마지막으로 한 번 더 시도했다.

"경고하네, 지킬. 자네가 문을 열지 않으면 우리가 부숴 버릴 거야! 우릴 들여보내 주게!"

그는 풀이 떨리는 손으로 건네주는 양초를 받았다.

"어터슨! 제발, 제발 자비를 베풀게."

안에서 다급한 목소리가 들려왔다. 어터슨은 더 이상 참을 수 없었다.

"저건 하이드야!"

그가 소리쳤다.

"자물쇠를 박살내! 풀, 서둘러!"

풀은 도끼를 휘둘렀다. '쾅' 하는 소리가 천둥소리처럼 실험실 안에 울려 퍼졌다. 문짝에 커다란 홈이 파였다. 안쪽에서는 공포에 질린 듯 높고 날카로운 동물의 비명 소리가 들렸다.

"다시!"

어터슨이 고함쳤다. 또 한 번 '쾅' 하고 내리쳤다. 다시 비명이 귀청을 찢을 듯 들려왔다. 홈이 깊게 파이긴 했지만, 문은 여전히 끄떡도 하지 않았다. 풀은 욕설을 내뱉었다.

"다시!"

어터슨이 소리쳤다. 도끼날이 자물쇠 바로 위의 나무에 박히자 풀이 그것을 빼내려고 세게 잡아당겼다.

"안 돼! 안 돼! 안 돼!"

하이드의 목소리가 들렸다. 하지만 이내, 헐떡거리는 풀의 거친 숨소리와 도끼가 빠져나오면서 내는 삐걱거리는 소리 외에는 아무런 소리도 들리지 않았다. 한동안 무시무시한 침묵이 흘렀다.

"잠깐 기다리게."

어터슨이 말했다. 두 사람은 숨을 크게 몰아쉬며 움직이지 않고 서 있었다. 문의 저편에서 고뇌에 찬 한숨 소리가 들려오더니, 어떤 무거운 것이 바닥에 떨어지는 듯한 둔탁한 소리가 났다. 이내 어터슨의 눈에 눈물이 고였다.

"끝난 것 같군."

그가 조용히 말했다.

"자네의 도끼질 한 방이면 들어갈 수 있을 걸세, 풀."

"우리가 무엇을 발견하게 될지 생각하고 싶지 않습니다, 어터
슨 씨."

풀은 내키지 않는 듯한 태도로 도끼를 들어 올리며 말했다.

"그렇다고 해도 들어가야 해."

"그래야지요."

풀이 다시 한번 도끼를 휘둘렀다. 자물쇠가 박살나면서 문짝
이 비스듬히 쓰러졌다. 어터슨은 한쪽 어깨로 문짝을 힘껏 밀어
젖혔다.

연구실 안은 아무 일도 없었던 듯이 보였다. 난로에는 불꽃이
조용히 타오르고 있었고, 탁자와 의자들은 제자리에 가지런히
놓여 있었다. 책상 서랍 두 개가 열려 있었고, 종이 몇 장이 바닥
에 떨어져 있었다. 마치 누군가가 거기에 없는 무언가를 애타게
찾으며 몇 번이고 뒤적거린 것 같았다. 하지만 그것 말고는, 아
니 벽에 비뚜름하게 걸린 그림 한 점을 제외하면, 방은 마치 작
은 다과회를 열기 직전이라고 해도 좋을 만큼 말끔했다.

그러나 사실은 그게 아니었다. 바닥 한가운데에 끔찍하게 뒤
틀린 채 엎어져 있는 사람이 있었다! 어터슨과 풀은 그 곁으로
다가갔다. 무릎을 꿇고 몸을 굽혔을 때, 엎드려 있던 그 팔다리
가 마지막으로 경련을 일으키더니 더는 움직이지 않았다. 어터
슨은 손목을 움켜잡고 맥박을 느끼려고 해 보았지만, 어떤 움직
임도 잡히지 않았다.

“죽었네.”

그가 씁쓸하게 말했다.

“네, 어터슨 씨.”

최악의 상황을 마주하자 다시 침착해진 풀이 말했다.

“하지만 누가 죽은 거죠?”

제 11 장
마지막 편지

어터슨은 그다음에 본 것을 절대로 잊을 수 없었다. 그는 무
릎을 꿇은 채 풀을 한번 올려다보고 다시 시체를 내려다보았다.
그는 마음속으로 비명을 지르고 있었다. 그 비명을 애써 무시
하며, 손을 뻗어 엎드린 사람의 몸을 살짝 뒤집었다.

흐리멍덩한 눈으로 천장을 바라보고 있는 그 얼굴은 마치 악
그 자체를 마주 대한 듯 흉측한 모습으로 비틀려 있었다. 입가
에는 보라색 거품이 고여 있었고, 눈알은 눈구멍에서 거의 튀어
나와 있었다.

그것은 틀림없이 에드워드 하이드의 얼굴이었다. 그러나 그
는 더 이상 왜소한 몸집이 아니었다. 얼굴은 분명 하이드였지만

몸은 지킬의 것이었다. 이자는 하이드인가, 지킬인가? 하이드라면 지킬은 대체 어디에 있단 말인가?

꽤 오랜 시간이 지난 후, 어터슨은 사무실의 책상 앞에 앉아서 거의 넋이 나간 얼굴로 자기 앞에 놓인 세 통의 편지를 바라보고 있었다. 첫 번째 것은 매우 짧았다. 그 편지는 풀이 지킬의 책상에서 찾아서 그에게 말없이 넘겨준 것이었다. 거기에는 이렇게 적혀 있었다.

친애하는 어터슨

이 편지가 자네 손에 들어갈 때면 난 이미 사라졌을 거야. 어떤 식으로든 말일세. 내게 어떤 일이 일어날지 정확히는 모르겠지만, 나의 직감으로는 이제 끝이 다가왔음이 분명하네. 얼마 남지 않았어. 비록 내 몸이 생각조차 하기 싫은 모습으로 여전히 이 땅 위를 걸어다니고 있다 하더라도, 자네는 그가 나라고 생각하지는 말아 주게. 가치 없는 옛 친구 헨리 지킬은 죽었다고 생각해 주게나.

래니언이 어느 날 밤, 그와 나 사이에 있었던 모든 일을 상세히 쓴 편지를 자네에게 보냈다고 하더군. 그것을 읽고 난 다음에, 실험실의 내 책상 왼쪽 아래 서랍에 있는 편지를 읽도록 하게. 너무 많은 것을 한꺼번에 읽으라고 해서 미안하네.

사랑하는 친구 어터슨! 이 한심한 인간이 사악함에 빠진 악마가 아니라, 비록 허영심에 눈이 멀긴 했지만 이 세상에 이익을 주려고 노력했다는 것을, 그래서 이 모든 일이 시작되었다는 사실을 부디 알아주길 바라네. 이 일이 이렇게 끝난 것은 우리 모두 슬퍼할 일이야. 자네도 동의하지?

하지만 이건 순전히 내 변명일 뿐이네. 정황을 알게 된다면, 모든 것은 자네 스스로 판단하게 되겠지.

—헨리 지킬

그는 세 통의 편지를 각각 두 번씩 읽었다. 그리고 다시는 그것들을 읽을 생각이 나지 않았다. 지킬과 하이드에 대한 온갖 끔찍한 진실이 그 안에 펼쳐져 있었다. 지킬이 어떻게 해서 그 모든 일을 비밀로 간직하다 결국에는 파멸에 이르게 되었는지, 어떻게 해서 그가 자신 안에 존재하던 사악함으로 빚어진 또 다른 인간, 하이드의 모습으로 세상을 걸어 다니게 되었는지, 그리고 어떻게 해서 악한 행동에 중독되어 갔는지……. 어터슨이 알고 싶어 했던 사실보다 더 많은 내용들이 그 편지들에 담겨 있었다.

그렇다. 지킬은 중독된 것이었다. 그것 외엔 달리 표현할 말이 없었다. 그가 사회와 사람들에 대한 책임감이나 양심의 족쇄를 던져 버린 채 본능이 원하는 것만을 하도록 자기 자신을 내버려 두었을 때 얻는 그 자유로움에 중독된 것이었다.

어터슨은 슬픔 속에서 생각에 잠겼다. 어느 누구도 자신이 원하는 것만을 하면서 살아갈 수는 없다. 그런 것을 시도하는 일 자체가 어리석은 짓이다. 사람들은 서로 더불어 살아가야 한다.

어터슨은 지난 몇 달간 자신이 했던 행동을 돌아보았다. 자신이 너무 안일했다는 생각이 들었다. 모든 일을 숨긴 채 잊히기를 바라면서 미뤄 놓을 것이 아니라, 즉시 경찰에게 지킬과 하이드의 관계를 말했어야 했다.

만일 그렇게 했더라면, 무고하게 살해당한 사람들과 친구 지킬이 아직 살아 있을지도 모르는 일이었다. 어떻게 보면 그들의 죽음은 어터슨의 잘못이 부른 결과이기도 했다. 악은 결코 저절로 사라지는 것이 아니었다. 없애도록 노력해야 하는 것이었다.

지킬에 대해서 그는 놀라우리만치 아무런 감정이 느껴지지 않았다. 동정심도, 슬픔도, 미움조차도 느낄 수가 없었다.

한때 그는 지킬이 상황에 떠밀려 어쩔 수 없이 악의 유혹에 빠졌다고 생각했다. 하지만 지킬은 애초에 모든 것을 멈출 수 있었다. 친구들에게 도움을 청할 수도 있었을 것이다.

그러나 자신의 창조물에 사로잡혀 쾌락과 유희를 즐겼고, 그 결과 감당할 수 없을 정도로 일이 커져 버렸다. 결국 하이드가 지킬을 마음대로 가지고 논 것이나 마찬가지가 되고 말았다.

그날 밤에 죽은 것은 단지 하이드의 몸이거나 지킬의 몸이 아니었다. 어터슨이 이제껏 지킬에게서 좋아하고 존경했던 모든

것이었다. 어터슨의 마음속에서 그것들이 전부 사라져 버린 셈
이다.

어터슨은 관절의 통증 때문에 신음을 내뱉으면서 뻣뻣한 몸
을 일으켜 세웠다. 편지 세 통을 집어 들어 잠시 바라보다가, 천
천히 한 장씩 난롯불에 던져 넣었다. 그는 마지막 한 장까지 재
로 변해 완전히 부스러지는 것을 조용히 지켜보았다. 그러고는
손에 묻은 먼지를 털고, 잠자리에 들기 위해 위층으로 올라갔다.

환상의 거울에서
또 다른 나를 꺼내다

계득성 _ 전 서울 신목고등학교 국어 교사

원작의 힘, 뮤지컬에서 빛나다

3년 동안 200회 공연, 총 수익 150억 원, 전 공연 기립 박수, 예매 시작 10분 만에 전 좌석 매진!

한국 뮤지컬의 역사를 새로 썼다는 평가를 받는 〈지킬 앤 하이드〉가 세운 기록이다. 2004년 처음 무대에 오른 이 뮤지컬은 초반에는 영화배우 조승우가 지킬과 하이드 역을 맡아 주목을 받았다. 하지만 나중에는 공연 자체의 완성도로 관객들을 끌어들이면서 삼 년 연속 재공연될 만큼 뜨거운 호응을 얻었다.

같은 공연을 몇 차례씩 다시 보러 가는가 하면, 공연에 나오는 노래를 모아 놓은 오리지널 사운드 트랙을 구입하는 등, 항간에 '지킬 폐인'이라는 말이 만들어질 정도로 마니아들이 많이 생겨났다.

뿐만 아니라 주연을 맡았던 조승우는 연기력과 가창력을 새롭게 평가받아, 제10회 한국 뮤지컬 대상 남우 주연상을 거머쥐는 영광을 얻기도 했다.

이런 폭발적인 인기 때문인지, 〈지킬 앤 하이드〉의 대본이 뮤지컬을 위해 새로 창작된 것이라고 착각하는 사람들도 적지 않다. 하지만 실상은 그렇지 않다.

이 공연의 대본은 로버트 루이스 스티븐슨의 유명한 고전 《지킬 박사와 하이드》를 토대로 하고 있기 때문이다. 물론 원작에는 없는 여자 주인공 역을 만들고 로맨스를 첨가하는 등 내용이 다소 각색되긴 했지

조승우는 두 역을 오가면서 외모뿐만 아니라 말투와 몸짓, 목소리 톤, 눈빛까지 자유자재로 변화시키는 고난도의 연기를 선보였다.

왼쪽부터 한국, 일본, 영국, 체코의 뮤지컬 〈지킬 앤 하이드〉 포스터. 나라마다 조금씩 다르게 표현한 지킬과 하이드가 흥미로워 보인다.

만, 인간 내면에 감춰진 욕망과 이중성에 일침을 가하는 기본 줄거리는 변함이 없다.

사실 유명한 소설이 영화로 만들어져 호평을 받는 경우는 종종 있었지만, 뮤지컬로 상연되어 선풍적인 인기를 끈 예는 그리 흔치 않다. 원작이 지닌 독특한 소재와 극명하게 드러나는 주제, 환상적이면서도 자극적인 원작의 분위기 등이 뮤지컬 특유의 드라마틱한 대사나 노래와 잘 어우러져 더욱 빛을 발하게 된 것이리라.

자, 그러면 이참에 뮤지컬과는 또 다른 원작만이 가진 독특한 매력을 함께 찾아보도록 하자.

따로 또 같이, 지킬과 하이드

1886년 로버트 루이스 스티븐슨이 발표한 《지킬 박사와 하이드》는 '자기 분신과의 만남'이라는 고전적인 주제를 새롭게 변주하여 환상 문학의 한 획을 그었다고 평가받는 작품이다. 뿐만 아니라 제목 '지킬 박사와 하이드'는 인간의 이중 인격을 나타내는

취향대로 즐긴다! 영화 《지킬 박사와 하이드》

〈지킬 박사와 미스 하이드〉
(1995)와 〈메리 라일리〉
(1996)

《지킬 박사와 하이드》는 뮤지컬뿐 아니라 영화, 드라마, 만화 등 다양한 장르로 만들어졌다. 그중에서도 원작을 영화한 작품은, 2006년에 개봉한 〈지킬 박사와 하이드의 이상한 사건〉까지 약 40여 편에 이른다.

대부분의 영화는 원작의 맛을 살리는 데 그치지 않고 로맨스, 코미디 등 여러 가지 요소를 가미해 보는 재미를 더해 주었다. 원작에는 여성이 거의 등장하지 않을뿐더러, 등장한다 하더라도 그 비중이 매우 낮은 반면, 영화에서는 꽤 중요한 인물로 부각되어 이야기를 이끌어 나가는 데 주도적인 역할을 하거나 구성을 더욱 풍성하게 만든다.

1990년에 우리나라에서 '닥터 지킬'이라는 제목으로 개봉한 영화에도 지킬의 아름다운 아내가 등장한다. 안소니 퍼킨스가 지킬 역을 맡고 글리니스 바버가 아내 엘리자베스 역을 맡아 열연한 이 영화는 약간은 퇴폐적이고 음산한 런던의 밤거리 묘사가 눈에 띄는 작품이다.

한편, 데이비드 프라이스가 감독을 맡은 〈지킬 박사와 미스 하이드〉는 독특한 설정으로 주목을 받았다. 이 영화는 스티븐슨의 원작이 출간된 지 백 년째 되는 해를 기념하여 만들어졌는데, 제목에서 짐작할 수 있듯이 평범한 남자인 지킬이 사악한 여자 하이드로 변신한다는 파격적인 내용이다. 코미디와 공포를 적절히 조화시켜 대중적으로 높은 호응을 얻었다.

지킬 박사의 하녀인 메리라는 역을 만들어 그녀의 관점으로 원작을 재해석한 〈메리 라일리〉라는 작품도 있다. 유명 여배우인 줄리아 로버츠가 메리 역을 맡았고, 존 말코비치가 지킬과 하이드 역을 맡아 주연 배우들만으로도 관객들의 이목을 집중시켰다. 스릴러를 부각시켜 더욱 팽팽한 긴장감을 조성한 이 영화는 배우들의 돋보이는 내면 연기에도 불구하고 그다지 큰 인기를 얻지는 못했다.

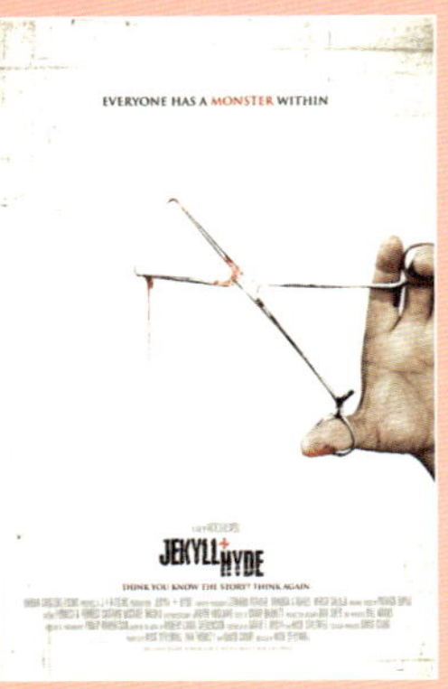

2005년에 미국에서 개봉한 〈Jekyll + Hyde〉 영화 포스터. '누구나 내면에 괴물을 가지고 있다'라는 카피와 실험 도구에서 떨어지는 핏방울이 섬뜩한 분위기를 자아낸다.

대명사로 자리 잡았을 만큼, 현대인들의 성격 분열에 대한 묘사가 치밀하고 탁월하다는 찬사를 받고 있다.

그렇다면 작가 스티븐슨은 이 작품을 통해서 무엇을 말하고 싶어 했을까? 그는 인간의 본성에 선과 악이 한데 섞여 있다고 여겼으며, 바로 거기서 인간의 개인적인 고통은 물론 여러 가지 사회 문제가 비롯된다고 보았다. 그래서 선과 악을 분리한 다음 각각을 극단으로 몰고 간다면, 인간의 정신 세계가 보다 자유로워질 수 있으리라고 생각했다.

만약 실제로 그렇게 할 수 있다면 인간의 삶은, 아니 이 세상은 어떻게 될까? 뭐, 어이없는 상상이라고? 그렇게 비웃기엔 우리가 살아가는 동안 맞닥뜨리게 되는 선과 악의 기로가 너무나 잦다. 스티븐슨은 우리의 이런 허무맹랑한 상상에 명쾌한 해답을 제시해 주지는 않는다. 대신에 독특하고 흥미로운 설정을 통해 어떤 상황이 펼쳐지는지를 보여 주면서 우리의 상상력을 끝없이 자극해 준다. 그럼 이야기 속으로 들어가 보자.

19세기 영국, 겉모습은 무뚝뚝해 보이지만 내면에는 따뜻함을 지니고 있는 변호사 어터슨은 사촌 엔필드와 함께 런던의 중심가를 산책하다가 이상한 사건에 관한 얘기를 듣는다.

엔필드가 얼마 전 겪은 사건으로, 병든 엄마를 치료하기 위해 의사를 부르러 달려가던 소녀가 한 사내와 부딪쳐 쓰러졌는데, 그 사내가 소녀를 발로 짓밟고 무심히 지나가 버렸다는 내용이었다.

주위 사람들이 그 사내를 붙잡아 치료비 조로 백 파운드를 받아 내기로 했는데, 잠시 후 그가 내민 수표에는 다른 사람의 서명이 들어 있었다. 사람들은 그것이 위조 또는 도난 수표일 거라 생

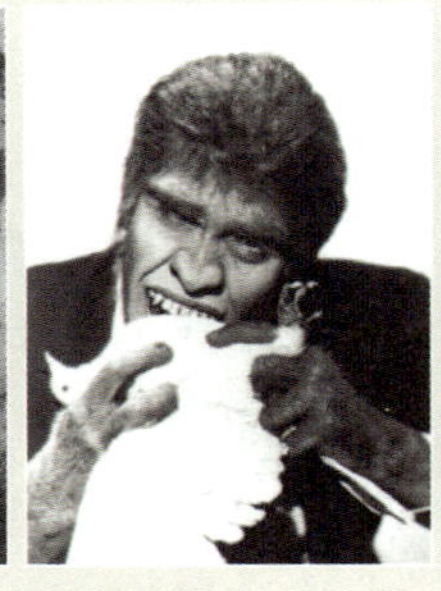

드라마나 영화에 출연한 하이드의 다양한 얼굴. 최근의 작품들에 등장하는 하이드가 사악함을 강조하고 있다면, 옛날 작품들은 흉악한 생김새가 좀 더 두드러진다.

각하지만, 정작 은행에서는 순순히 수표에 적힌 금액을 내준다.

이 이야기를 들은 어터슨은 자신의 오랜 친구이자 고객인 의학 박사 헨리 지킬이 이 끔찍한 사건과 연관되어 있다는 사실을 직감한다. 몇 달 전 지킬이 다급한 표정으로 찾아와 자신이 맡겨 놓은 유언장에 본인이 사망하거나 종적을 감출 경우, 에드워드 하이드라는 자에게 모든 재산을 상속한다는 내용을 추가해 달라고 했기 때문이다.

어터슨은 답답한 마음에 또 다른 친구이자 지킬과 같은 직업을 갖고 있는 래니언을 찾아가 고민을 털어놓는다. 그러나 래니언은 지킬이 얼마 전 자신을 찾아와 이상한 과학 이론을 주장하는 바람에 인연을 끊었다는 얘기를 전한다.

어터슨은 하이드라는 자를 찾아내려고 보름 동안이나 지킬의 집 뒷골목에서 잠복한다. 그리하여 어렵게 맞닥뜨린 하이드는 공포스러울 만큼 사악해 뵈는 외모에 왜소한 몸집을 갖고 있다. 어터슨은 명함을 건네며 지킬을 만날 수 있느냐고 묻지만, 하이드는 단박에 거절한 다음 집 안으로 사라진다.

얼마 후 지킬의 집에 저녁 초대를 받은 어터슨이 하이드에 대

우리 고전에서 찾은 인간의 이중성

《지킬 박사와 하이드》의 주제인 인간의 이중성을 우리나라 고전 소설에서도 찾아볼 수 있다. 성진이라는 승려가 하룻밤의 꿈속에서 온갖 부귀영화를 맛보고 깨어난다는 내용을 담은 김만중의 소설 《구운몽》. 인간의 모든 부귀영화는 하룻밤에 꾸는 꿈과 같이 부질없다는 것이 주제인 이 작품은 몽자류 소설의 효시일 뿐만 아니라 인간의 이중적인 면모를 다룬 한국 소설의 시초로 꼽히고 있다.

《구운몽》은 현재의 선계(仙界)와 꿈속의 속계(俗界)를 넘나드는 특이한 구조를 가지고 시작된다. 서역으로부터 불교를 전하러 온 육관 대사의 제자인 성진은 용왕을 만나고 돌아오는 길에 팔 선녀와 만나 희롱하고, 선방에

서포 김만중(1637~1692)

돌아온 뒤에도 팔 선녀의 미모에 취해 불도를 닦는 일에 회의를 느낀다. 그러다 속세의 부귀와 공명을 원한다는 이유로 육관 대사에 의해 팔 선녀와 함께 지옥으로 추방된다.

그 지옥은 다름 아닌 현실, 즉 인간 세계. 그곳에서 양소유라는 인물로 환생하여 팔 선녀를 2처 6첩으로 삼고 부귀공명도 얻는다. 그러나 자신의 생일날 종남산에 올라가 가무를 즐기던 양소유는 영웅 호걸들의 황폐한 무덤을 보고는 인생의 허무함을 느끼고 장차 불도를 닦아 영생을 구하려 한다. 그 자리에 호승이 찾아와 문답하다가 잠에서 깨어나, 자신이 육관 대사 앞에 있음을 알게 된다.

이 작품에서 '성진'과 '양소유'는 분화된 자아를 의미한다. 이 둘은 욕망과 제어라는 서로 다른 세계를 보여 주고 있다. 불도로서의 성진과 유교의 사대부로서의 양소유, 이 둘이 한 몸에 두 분신으로 들어 있어 갈등을 일으키는 것이다.

첫 번째 갈등 요소는 불도의 세계와는 대비적인 입신양명과 부귀공명으로 통하는 출세와 영달에의 길이다. 벼슬에 대한 욕망, 즉 일종의 권력에의 욕망이다. 두 번째 갈등 요소 역시 불도에서는 금기시하고 있는 쾌락을 맛보고 싶어 하는 욕구이다. 속세에서 양소유는 추방된 선녀들의 환생인 여덟 명의 여인들과 차례로 인연을 맺는다.

말하자면 이 작품은 자신의 욕망을 채우기 위해서는 누군가의 희생이 필요하며, 그렇지 못할 경우 욕망과 욕망은 충돌하게 마련이라는 사실을 적효하게 보여 준다. 이를테면 인간의 욕망이란 끝이 없어서 그 어떤 쾌락으로도 충족되지 않으므로 갈등과 다툼이 시작될 수밖에 없다는 것을 알려 주고 있는 셈이다.

《구운몽》. 김만중은 늙은 어머니를 위로하기 위해 이 작품을 썼다.

해 물어보자, 지킬은 아무것도 설명해 주지 않은 채 오히려 자신이 없어질 경우 그를 잘 부탁한다는 말을 건넨다.

그로부터 일 년이 지난 어느 날, 런던 시내 전체가 들썩일 만한 사건이 하나 일어난다. 템스 강변에서 벌어진 살인 사건. 하이드가 거리에서 우연히 만난 노신사 댄버스 커루 경을 지팡이로 잔인하게 때려죽인 것이다. 이 사건을 고스란히 목격한 케이트라는 하녀는 충격을 받아 잠시 기절했다가 깨어난다. 그녀는 하이드의 생김새를 정확하게 묘사하지 못하고, 단지 보기만 해도 불쾌한 느낌이 드는 소름 끼치는 얼굴이었다고만 말한다.

사건을 맡은 뉴커먼 경감과 어터슨은 낡은 건물에 있는 하이드의 방 안을 샅샅이 뒤졌으나 그는 이미 종적을 감춘 상태다. 타다 만 수표책과 커루 경을 때리느라 부러진 지팡이만이 발견되었을 뿐이다.

그 후 하이드는 모습을 드러내지 않는다. 자신을 걱정하는 어터슨에게 지킬은, 이제부터 조용히 숨어 살아가겠노라는 하이드의 편지를 내보인다. 그런데 필적 감정에 일가견이 있는 어터슨의 조수 게스트는 그것이 지킬이 작성한 위조 편지라고 하는데……. 살인 사건은 이후에도 계속해서 이어진다.

얼마 뒤 래니언은 지킬에게서 편지 한 통을 받는다. 편지에는 자신의 실험실 문을 부수고 들어가 서랍 하나를 통째로 빼 온 다음, 그날 밤 래니언의 집으로 방문하는 손님에게 전해 달라고 적혀 있다. 지킬의 부탁대로 서랍을 가지고 온 래니언은 왜소한 체격을 가진 한 사내의 방문을 받는다. 그는 바로 하이드!

하이드가 아무런 설명도 없이 다짜고짜 서랍을 내놓으라고 하자, 래니언은 그 전에 상황을 설명해 달라고 요구하며 권총을 겨눈다.

순자가 주장한 성악설

자신과 부딪힌 소녀를 무자비하게 밟고 지나가고, 무고한 사람의 머리를 때려죽이는 등 하이드의 행동은 그야말로 악의 전형을 보여 준다. 지킬이 자신에게서 분리해 낸 악이 하이드라면, 우리 안에도 하이드와 같은 악이 숨어 있지 않을까 하는 의구심이 들 법하다.

순자의 초상화

이런 의심을 오래전부터 체계적으로 해 온 동양의 학자가 있었으니, 중국 춘추 전국 시대 조나라의 철학자 순자(荀子)이다. 그는 《순자》라는 자신의 저서를 통해 "인간이란 원래 악(惡)한 존재이며, 선(善)이란 인위적으로 만들어진 것이다."라는 성악설을 주장했다.

순자는 인간의 마음을 성(性), 정(情), 려(慮), 위(僞)의 네 부분으로 나누었다. 첫 단계인 '성'은 사람이 날 때부터 가지고 있는 본성이고, 두 번째 단계인 '정'은 밖에 있는 사물들과 만나서 생기게 되는 감정으로 좋다, 나쁘다, 기쁘다, 슬프다 하는 것들이다. 세 번째 단계인 '려'는 구체적인 감정이 생긴 뒤에 어떻게 할 것인가를 선택하는 사람의 사고 작용에 해당한다고 할 수 있다. 네 번째 단계인 '위'는 선택이 끝난 후 실행해 나가는 의지와 실천이다.

순자는 인간의 본성이 악하다고 해서 본성대로 살자고 한 것이 아니라, 의지적 실천을 통해 본성이 가져올 악한 결과를 변화시켜 가자고 주장했다. 따라서 순자의 철학이 갖는 가치는 '위'에 있으며, 그런 의미에서 순자의 철학은 의지에 기초한 실천 철학이라고 할 수 있다.

스티븐슨은 작품 안에서 인간의 여러 감정 중에서도 '악'에 초점을 맞추고 있다. 지킬이 선한 행동을 하고 하이드가 악한 행동을 도맡는다면 서로의 감정에 어떤 영향도 받지 않고 아무런 괴로움도 없이 편하고 행복하게 살 수 있지 않을까, 라는 지킬의 생각은 그릇된 결말로 끝을 맺는다. 아무래도 지킬에겐 순자가 주장했던 '위'가 부족했던 것이 아닐까?

그리고 잠시 후, 래니언은 아주 충격적인 장면과 마주한다. 비커 속에 든 핏빛 액체를 마신 하이드가 지킬로 변한 것이다. 그것은 도저히 제정신으로는 받아들일 수 없을 만큼 무시무시한 장면이었는데……. 지킬은 곧 혼란과 충격에 빠진 래니언에게 자신이 그동안 겪었던 일과 실험에 대해 낱낱이 들려준다. 지킬과

하이드……. 하나이면서 둘인, 그 괴상한 존재의 끝은 과연 어떤
모습일까?

모범적인, 그러나 위험한 신사 지킬

이 작품의 주인공인 지킬과 하이드는 한 사람이다. 그러나 두
사람이기도 하다. 지킬은 자신이 사라질 경우, 하이드에게 모든
재산을 물려준다는 내용을 유언장에 추가한다. 이는 하이드로서
살아갈 수 있는 방법을 강구해 놓은 것이다.

이렇듯 지킬은 하이드라는 존재를 인정하다가도, 하이드를 자
신과는 전혀 별개인 존재처럼 얘기하기도 한다. 래니언에게 모
든 것을 고백할 때, '그'라는 삼인칭 대명사로 하이드를 지칭하는
모습이 가장 대표적이다. 하이드가 저지른 범죄 앞에서는 그를
부정하고 싶은 심리가 은연중 드러나 있는 셈이다.

그렇다면 지킬에게 하이드는 어떤 존재일까? 또 하이드에게
지킬은 어떤 의미일까? 우선 하이드라는 존재를 창조한 지킬이
어떤 사람인지 살펴보도록 하자.

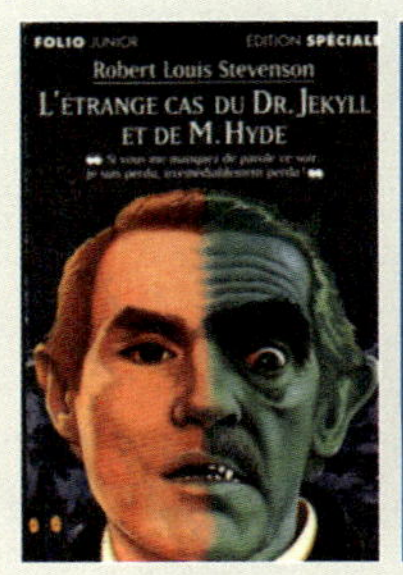

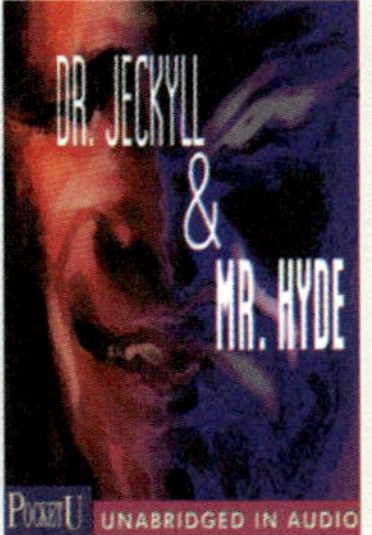

《지킬 박사와 하이드》의 여러 판본들

어터슨의 사촌인 엔필드는 그를 '모두에게 대단히 존경받는 의사이며 오랫동안 자선 활동을 해 온 사람'이라고 극찬한다. 그래서 소녀가 짓밟힌 사건을 어터슨에게 전할 때 그의 이름을 거론하기를 꺼린다.

지킬은 그야말로 신사요, 엘리트다. 부와 명예, 도덕성, 그리고 능력을 모두 겸비한 인물이다. 외모 또한 그럴듯하다. 균형 잡힌 몸매에다, 은색 머리카락만 빼면 삼십 대로 보일 만한 얼굴을 지녔다.

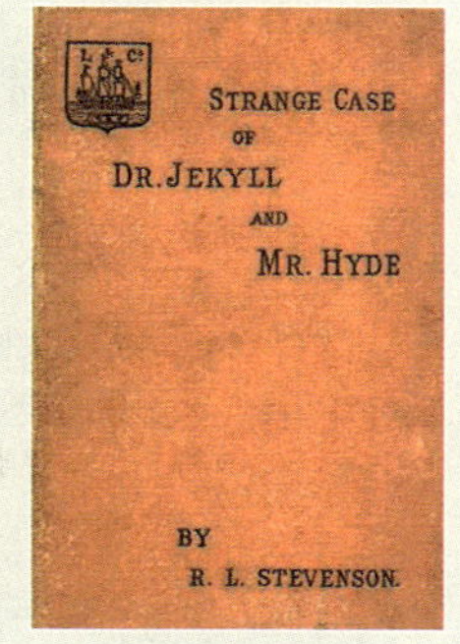

1886년에 출간된 《지킬 박사와 하이드》 초판본. 원제는 《지킬 박사와 하이드의 이상한 사건》(The Strange Case of Dr. Jekyll and Mr. Hyde)이다.

그러나 이러한 외적 조건과는 달리, 그의 내면은 완벽하지 못하다. 아니, 보통 사람보다 훨씬 더 본능적이라고 할 수 있다. 그는 젊은 시절부터 쾌락에 맛을 들여 이중생활을 해 왔다. 그러고는 자신의 이중적인 성격이 다른 사람보다 좀 더 극단적으로 구분되어 있을 뿐이며, 각각의 생활에 최선을 다한다면 아무 문제가 없다고 합리화한다.

그는 인간의 본성 중 선과 악은 본래 하나가 아니라 두 개라고 믿는다. 그래서 각각을 다른 개체로 분리할 수 있다면 인생이 보다 자유로워질 것이라 생각하고, 두 본성을 분리할 수 있는 방법을 찾아 연구한 끝에 약품을 개발하는 데 성공한다.

지킬은 스스로를 실험 대상으로 삼아 악마와 다름없는 하이드로 변신한다. 그러고는 하이드가 악의를 가지고 죄악을 저지른다 해도 양심의 가책을 받지 않는다면 그 죄 또한 순수하다고 생각한다. 지킬이 그토록 괴로워했던 도덕적인 잣대가 하이드에게는 적용되지 않는다고 판단한 것이다. 말하자면 자신에게서 악을 분리해 내는 순간, 도덕적으로 괴로워할 필요 없이 자신이 완벽해질 수 있다는 욕심에서 하이드를 탄생시킨 셈이다.

철학자가 본 지킬과 하이드

《지킬 박사와 하이드》는 보는 각도에 따라 다양하게 해석할 수 있는 매력적인 작품이다. 철학과 심리학의 대가들은 지킬과 하이드라는 두 존재를 어떻게 바라보는지 자신들의 학설을 바탕으로 한 그들의 주장에 귀를 기울여 보자.

나는 독일의 철학자 에드문트 후설(1859~1938). 눈에 보이는 현상에 얽매이지 말고 본질을 인식해야 한다는 '현상학'이라는 이론을 주장했지. 눈에 보이는 것은 우리가 인식하고 있는 것일 뿐, 사실은 그와 다르다는 주장이야.

지킬과 하이드가 두 개의 주체로 분열된 것을 내 이론에 비춰 본다면, 그 두 존재는 당연히 한 사람이야. 하이드의 모태가 지킬이고, 하이드는 그의 내부에 존재하니까. 하이드가 사라진다 해도 지킬은 살아가지만, 지킬이 사라지면 하이드도 사라지지. 여기서 본질은 지킬이야. 하이드는 지킬이 있어야만 존재할 수 있어. 가장 중요한 건 본질이라는 사실을 잊어선 안 돼.

나는 심리학의 아버지 지그문트 프로이트(1856~1939). 내가 주장한 무의식에 관한 이론은 다 알고 있겠지? 사람의 무의식은 이드(id, 본능), 에고(ego, 자아), 슈퍼에고(super-ego, 초자아)로 나눌 수 있어. 이드는 본능과 쾌락을 의미하고, 초자아는 그런 이드를 억압하고 통제하지. 중간에 이를 중재하는 것이 바로 자아야.

하이드와 지킬은 엄연히 다른 존재라고 할 수 있지만 하이드를 자신으로부터 분리시킨 책임은 지킬이 감당해야 해. 게다가 초자아가 본능과의 싸움에서 지는 바람에 결국 하이드에 대한 통제력을 잃어버리면서 비극적인 최후를 맞게 되잖아. 그래서 인간에게는 무의식을 구성하는 세 가지 요소들의 역할 분담이 중요한 거야.

철학자이자 시인인 프리드리히 니체(1844~1900)라고 해. 대체 사람들이 말하는 좋고 나쁜 것, 선하고 악한 것의 기준은 무엇이지? 우리는 모든 가치와 개념을 의심해 봐야 해. 지킬이 선한 행동을 했다고, 또 하이드가 악한 행동을 했다고 어떻게 판단할 수 있겠어? 모든 법칙은 논리적으로 증명된 것이 없고, 모든 진리 역시 그저 믿음일 뿐이야. 우리는 아무도, 아무것도 비판할 수 없어. 가장 먼저 우리의 기준 자체를 점검해 보아야 하니까.

그러나 결과적으로 실험은 성공하지 못했다고 할 수 있다. 한쪽은 완전한 악이지만 다른 한쪽은 완전한 선이 아니었기 때문이다. 그 한쪽은 그저 바꾸거나 향상되는 것을 자포자기한 부조화스러운 복합체, 즉 예전의 늙고 지친 헨리 지킬에 지나지 않는다.

그는 처음에는 지킬의 몸을 벗어 버리는 것이 힘들었지만, 시간이 지날수록 하이드에서 지킬로 변신하는 것이 점점 더 어려워진다. 급기야 나중에는 약을 먹지 않아도 하이드의 몸으로 바뀌어 버리고 만다. 오히려 평상시의 모습이 하이드이고, 약을 먹어야 지킬로 변하게 되는 것이다. 지킬은 하이드가 저지르는 범죄에 대한 죄책감과 두려움 때문에 결국 최후의 수단으로 자살을 택한다.

지킬이 이 지경에까지 이른 가장 큰 원인은 자신의 약점과 게으르고 악한 본성을 완전히 부정하고, 오직 완벽하고 선량한 존재로 남아 있으려 한 욕심 때문이라 할 수 있다. 그런 그의 완벽주의와 욕심은 또 다른 나를 만들어 그에게 자신이 평소에 하고 싶었으나, 체면과 책임감 때문에 망설였던 모든 일들을 수행하도록 한 것이다. 결국 그것은 그를 파멸로 이끌고 만다.

의무와 속박을 벗어 던진 영혼, 하이드

그렇다면 하이드는 어떤 인물인가? 엔필드는 의사를 부르러 달려가던 소녀와 우연히 부딪치자 무참히 짓밟고 지나가는 하이드의 모습을 어터슨에게 이렇게 설명한다.

그자의 인상에는 무언가 이상한 점이 있습니다. 어딘지 모르게 기분 나쁘고, 어딘지 모르게 혐오스러운 얼굴이지요. 저는 그렇게 마음에 들지 않는 사람은 처음 보았습니다. 그러면서도 왜 그런 느낌이 드는지 알 수가 없었어요. 추하고 볼품없다는 느낌을 주는 모습이지만, 딱히 한 군데를 꼽을 수가 없었거든요.

하이드의 집 앞에서 몰래 기다리다 집으로 들어가는 하이드를 만난 어터슨이 본 하이드는 이런 모습이었다.

특별히 기형인 데가 없는데도 왠지 모르게 비정상적이라는 느낌을 주는 사람이었다. 목소리조차 꺼칠꺼칠한 데다, 날카로운 무엇인가가 깨질 때처럼 소름이 끼쳤다. 정체를 알 수 없는 메스꺼움과 혐오감, 그리고 두려움이 느껴졌다. 이 세상 사람 같지가 않았다. 얼굴에 숫제 악마라는 표지를 달고 다니는 듯했다.

등장인물들의 진술에 따라서 하이드의 모습을 상상하는 것은 무척 어려운 일이다. 여느 사람과 크게 다르지 않으면서도 어딘가 모르게 사람 같지 않은 모습이다. 악의 모습을 한 '또 다른 나'는 그렇게 구별되는 듯하면서도 전혀 구별되지 않고 있다.

이렇듯 한마디로 규정하기 어려운 하이드의 외모가 의미하는 것은 무엇일까? 찾을 수 있을 듯하지만 막상 찾아보려 하면 꼭 집어내기 어려운 우리 내면의 악한 감정을 형상화한 것은 아닐까?

선과 악은 인류의 역사와 그 맥을 같이할 정도로 인류에게 있어서 영원한 화두이다. 에덴의 동산에서 선악과를 따 먹는 아담과 이브

내면의 갈등을 노래한 서태지와 아이들

내 마음을 철저하게 속이고 살아온 내 인생엔
가슴 깊이 존재했던 불만이 있어
너무나도 달랐었던 두 맘을 갈라놓기 위해서
어렵지만 난 과감하게 선택했었네
끝없는 내 마음의 갈증은
저주받은 이 인류가 풀지 못할 숙제인가
난 언제라도 꿈틀거릴 내 본성이 두려웠어
캄캄한 밤에 나는 누군가에게 길을 묻다가 내리쳤어
그 안개 속을 난 뛰고 있어 날 망쳤어
내가 먹던 약은 이제 내 말을 듣질 않게 됐었네
저주받은 내 선택에 끝이 보였어
　　　　　—〈지킬 박사와 하이드〉 중에서

노래 〈지킬 박사와 하이드〉가 실린 서태지와 아이들의 3집 앨범 'SEOTAIJI AND BOY Ⅲ'의 표지

서태지와 아이들이 1994년 발표한 '지킬 박사와 하이드'라는 제목의 노래이다. 마약에 찌든 한 평범한 인간이 어떻게 최악의 비참한 상황까지 치닫게 되는지, 그 과정을 담아낸 이 노래는《지킬 박사와 하이드》라는 작품이 가지고 있는 인간의 이중적인 욕망과 그 욕망이 좋지 않은 방향으로 실현되어 가는 과정을 고스란히 표현하고 있다.

당시 이 곡은 서태지와 아이들의 다른 곡들과 함께 사회 비판 의식을 담고 있다는 점에서 높이 평가받았으며, 현재까지도 많은 사람들에게 사랑받고 있다.

악하거나 혹은 선하거나, 인간 내면의 끊임없는 투쟁

같지만 다르고, 다르지만 같은 지킬과 하이드 사이에는 애정과 증오가 함께 존재한다. 지킬일 때 그는 끊임없이 하이드를 의식하면서 괴로워한다. 하이드에게서 벗어나 있는 시간에도 하이드라는 존재에 시달린다.

그러나 하이드는 지킬을 전혀 의식하지 않는다. 게다가 지킬일 때의 행동도 잘 기억하지 못한다. 하이드는 하이드로서의 삶에 충실한다. 좀 더 생명을 느끼고 싶어 하고, 좀 더 쾌락의 순간에 머무르고 싶어 한다. 지킬은 그런 그를 증오하며 없애 버리고 싶어 하지만 그를 당해 낼 수가 없다. 처음에는 하이드의 존재를 인정하고 그의 행동을 용납하면서 은밀히 즐기기까지 하지만, 나중에는 하이드의 존재가 너무나 커져 버려 더 이상 손을 쓸 수 없게 된다.

복잡하게 얽힌 감정과 상황 사이에서 비극이 시작되고, 그 비극은 결국 둘이면서 하나인 그들의 존재를 파멸로 이끈다. 결국 스티븐슨은 이 작품을 통해 선과 악으로 대변되는 인간의 이중성이 불러오는 비극을 말하려고 한 듯하다.

그렇지만 작품 속으로 조금만 더 발을 들여놓으면, 이 작품이 단순히 선과 악이라는 두 개의 감정 사이에서 방황하는 인간의 모습만을 담고 있지 않다는 사실을 알 수 있다. 작가 스티븐슨이 전하려 메시지는 인간의 근원적인 문제와 훨씬 더 치밀하게 닿아 있다.

그런 의미에서, 작가가 이 작품에서 선과 악에 어떻게 접근하고 있는지 한번 살펴보도록 하자.

지킬이 래니언에게 자신의 지난날을 고백하는 대목이다.

스티븐슨의 자화상. 스티븐슨은 종종 거울을 앞에 두고 거울에 반사된 자신의 모습을 스케치하곤 했다.

난 궁극적으로 인간의 내면에는 각양각색의 서로 다른 독립된 자아들이 서로 다투며 공존하고 있

보물 같은 걸작, 《보물섬》

스코틀랜드에서 여름을 보내던 어느 날, 작가 스티븐슨은 열두 살 난 양아들 로이드와 함께 상상의 섬으로 가는 지도 한 장을 그린다. 스티븐슨은 그 그림에서 영감을 얻어 대표작 《보물섬》을 쓰게 되었다.

주인공 짐 호킨스라는 소년은 우연한 기회에 지도 한 장을 손에 넣게 되어 지주 트렐로니, 의사 리브시와 함께 보물섬을 찾아 모험을 떠난다.

항해 도중 짐은 사과 통 속에 숨어 있다가 함께 배에 탄 키다리 존 실버가 보물을 노리고 요리사로 가장한 해적이라는 사실을 알게 된다. 섬에 도착한 짐과 존 일행은 패가 나뉘어 무서운 싸움을 벌이고,

《보물섬》의 초판본과 초판본에 실린 보물섬 지도. 이 작품은 1881~1882년 《영 포크스 Young Folks》지에 연재하였다. 처음에는 별로 반응이 없었으나, 단행본으로 출판된 뒤 독자들의 큰 호응을 얻어 작가의 출세작이 되었다.

이 과정에서 키다리 존 실버는 상황이 불리해지자 다시 짐의 일행 편이 된다. 마침내 보물을 찾게 된 짐과 지주, 의사, 존 실버는 성에서 만난 벤 건과 함께 보물섬을 빠져나오는 것으로 결말을 맺는다.

보물섬을 발표한 19세기 중엽의 영국은 해상을 지배하는 국가로 누구도 따르기 어려운 지위를 차지하고 있었다. 영국은 정규 해군 이외에도 해적의 위세를 합해 더욱 큰 힘을 과시하였다. 당시 영국 여왕은 이들 해적을 보호하라는 명령까지 내릴 정도였다. 따라서 이 시기에 영국에서는 해적과 관련해 온갖 전설 같은 소문이 떠돌았고, 스티븐슨의 《보물섬》 이야기도 이러한 시대적 분위기 속에서 탄생한 작품이다.

흔히 신사의 나라라고 지칭되며 지성적이고 교양 있는 나라로 일컬어지는 영국이, 이면에 이러한 무자비한 힘의 세계인 해적의 역사를 갖고 있다는 이중성을 상징한 것이다. 뿐만 아니라 이 작품은 악당이었다가 다시 선한 인물로, 몇 번씩 성격을 뒤바꾸는 입체적 인물인 존 실버의 모습에서 두 가지 얼굴을 한 지킬 박사와 하이드의 닮은 꼴을 찾아볼 수 있다.

다고 믿었다네. 나는 나의 내면에 존재하는 도덕성으로부터 인간의 근본적이고 철저한 이중성을 깨달았지. 내 의식 세계에서 두 가지 본성이 다투고 있는 것을 본 거야. 사실 그런 다툼이 있었던

이유는 내가 두 가지 본성을 다 극단적으로 가지고 있었기 때문이었어. 이런 극단적이고 이질적인 이란성 쌍둥이가 의식 세계라는 고통스러운 자궁 안에서 끊임없는 투쟁을 해야 한다는 것은, 인류에게 있어서 저주임이 분명해. 그렇다면 그 둘을 분리시키면 좋지 않을까?

인간의 여러 자아 중 갈등 관계가 가장 명확한 것이 바로 선과 악이다. 작품은 두 본성이 가지는 모순에 초점을 맞추고 있다. 지킬은 선한 충동과 악한 충동이 뒤섞여 있는 존재이고, 하이드는 지킬 박사의 뒤섞인 충동 가운데서 악한 것만 뽑아서 만든 존재이다.

초기의 하이드는 지킬에 비해 유난히 체구가 작은 인물로 그려진다. 이런 설정은 하이드가 순수한 악으로만 이루어져 있기 때문이라 할 수 있다.

그러나 하이드가 죽음을 맞이하는 마지막 대목에서는 몸집이 지킬에 버금갈 정도로 커져 있다. 이런 점은 지킬의 내면에 악이 그만큼 분명하게 자리 잡았다는 것을 보여 준다. 지킬로 되돌아오는 약품을 구하기 힘들어진 그가 하이드를 방치하는 동안, 하이드는 온갖 흉악한 범죄를 저지르면서 몸집을 키운 것이다.

여기서 작가가 전하려 하는 교훈은 뚜렷하다. 선과 악 그 자체의 분열을 얘기하려는 것이 아니라, 인간의 악한 충동이 실제로는 얼마만 한 크기로 존재했든 간에 그대로 방치해 둔다면 걷잡을 수 없이 커진다는 사실이다.

그러므로 이 작품에 드러난 선과 악의 갈등은 지킬과 하이드 사이의 갈등이라기보다는, 지킬의 마음속에 있는 선한 충동과 악한 충동 사이의 싸움이라고 보아야 옳겠다.

빅토리아 시대의 위선을 꼬집다

　작가 스티븐슨이 살던 때는 영국이 최고의 전성기를 구가하던 빅토리아 시대였다. 이 시기에는 산업혁명으로 경제 발전이 두드러진 데다, 과학의 발달과 국제 무역으로 영국은 사상 최대의 부자 나라가 되었다. 게다가 이집트, 수단, 수에즈 운하를 장악하고, 인도, 캐나다, 뉴질랜드, 오스트레일리아, 남아프리카를 식민지로 삼는 등 제국주의를 확장하여 해가 지지 않는 나라 대영 제국으로 거듭났다.

　상공업이나 무역에 종사하여 성공한 중산 계층은 부를 축적하면서 신분 상승을 해 나갔으며, 공리주의적 윤리가 사회를 지배해 나갔다. 그리하여 자기 만족에 빠져 극도로 고상한 척하는 도덕주의를 특징으로 하는 빅토리아니즘까지 생겨나게 되었다. 말하자면 사람들이 격식과 옷차림, 명성 등 겉으로 드러나는 모습을 중시하기 시작한 것이다.

　하지만 그것은 어디까지나 가진 자들의 얘기였을 뿐, 하층민들은 아무런 혜택도 누릴 수가 없었다. 중산층의 신분 상승으로 빈부 격차가 커지면서 계층 간의 불평등만 더욱 심화되었다.

　영국이 식민지로 삼은 나라들의 입장도 마찬가지였다. 본토에서는 더없이 우아하고 자비롭게 행세하

빅토리아 시대 영국 국민들은 여러 계급으로 나누어져 있었다. 가장 높은 계급인 귀족과 가장 낮은 계급인 빈민들의 극단적인 모습

던 사람들이 식민지에 가서는 남의 땅을 함부로 빼앗고 주민들을 노예로 팔아 버리는 등 악행을 서슴지 않았던 것이다.《지킬 박사와 하이드》에 견준다면, 그들은 본토에서는 지킬이었다가 식민지에서는 하이드가 되는 셈이었다.

스티븐슨은 이처럼 '도덕'과 '억압'으로 양분된 사회 분위기 속에서 위기 의식을 느끼고 가진 자들의 내면에 숨겨진 욕망, 즉 위선을 비꼬기 위해 하이드라는 악의 결정체를 탄생시킨 것이 아닐까?

겉으로는 그 누구보다 도덕적인 체하면서 속으로는 온갖 모략과 흉계를 다 꾸미는 사람들의 이중성을 날카롭게 꼬집어 보이고 싶었으리라. 아니, 어쩌면 속으로 속으로만 침잠해 들어가, 곪아 터지기 직전에 있는 인간의 또 다른 본성을 햇볕 아래로 끄집어 내어 말끔하게 치유해 주고 싶었는지도 모르겠다.

현실과 환상 속을 유영했던 방랑자, 스티븐슨

로버트 루이스 스티븐슨은 1850년 영국 스코틀랜드의 에든버러에서 태어났다. 당시 에든버러는 스코틀랜드의 수도로, 종교 개혁과 산업혁명을 주도하고 있었다. 특히 스티븐슨의 집안에는 산업혁명의 주역이라 할 수 있는 기술자들이 많았는데, 등대를 만드는 건축 기사였던 그의 아버지 역시 그러했다.

어렸을 때는 몸이 약해 밖에서 뛰어다니기보다는 책 읽는 것을 좋아했으며, 스코틀랜드의 전통에 따라 엄격하고 완고한 장로교의 풍토 아래 자라났다. 그러다 열일곱 살에 에든버러 대학

야누스의 억울한 사연

지킬 박사와 하이드만큼이나 이중성의 대명사로 알려진 '야누스'. 오늘날 이 용어는 이중 인격자, 위선자, 표리부동한 사람을 가리키는 표현으로 흔히 쓰인다.

그러나 이는 적절치 않은 쓰임이다. 야누스가 두 얼굴을 갖고 있다는 사실은 맞지만 위선자나 이중성과는 무관하기 때문이다. 그러면 어떤 연유로 그런 뜻을 지니게 된 것일까?

야누스는 그리스 신화에는 등장하지 않는 로마 고유의 문지기 신이다. 로마의 신들 중에서 가장 오래되고, 또 가장 위엄을 갖춘 신인 야누스는 처음에는 집 안의 안전과 도로의 보호를 책임지고 있었다. 하나의 얼굴은 들어오는 사람을 검문하고, 또 다른 얼굴로는 집을 떠나는 사람에게 작별 인사를 했다.

오스트리아 비엔나 미술사 박물관에 있는 야누스 동상

로마가 번성하면서 야누스가 가진 의미도 점차 확대되었다. 야누스는 로마의 모든 성문과 항구의 안전을 담당하게 되었고, 도로를 맡게 되었으며, 인생의 첫 통로인 출산까지 관장하게 되었다. 뿐만 아니라 입구와 출구는 물론이고 과거와 미래, 내부와 외부, 위와 아래 등 시·공간상의 상반되는 존재를 다스리고 조화를 부여하며 모든 경계선을 지키는 신으로서 존경을 받았다.

그러나 로마 인들이 그리스 신화를 받아들이면서 문제가 생겼다. 그리스에 등장하는 여러 신을 일일이 로마 식으로 바꾸다 보니 야누스와 비슷한 신이 없음을 알게 된 것이다. 그리스 문화가 자신들의 문화보다 세련되고 고급스럽다고 생각한 로마 인들은 자신들의 고유 신은 한풀 꺾이게 되었다. 그렇지만 이 때까지도 야누스에게 위선이라는 의미는 전혀 없었다.

야누스의 이름을 부정적인 의미로 처음 사용한 것은 영국의 철학자 샤프츠버리(1671~1713)였다. 그는 자신의 저서 《인간·예절·의견·시대의 특성들》(1711)에서 '한쪽 얼굴로는 억지로 미소를 짓고, 다른 쪽 얼굴로는 노여움과 분노를 드러내는 작가의 야누스의 얼굴'이라는 글을 썼다. 사람들은 이 참신한 표현을 마음에 들어 했고, 책이 유명해진 만큼 이 말 또한 널리 알려지게 되었다.

이후 '야누스의 얼굴'은 위선적인 모습이나 이중성을 지칭할 때 어김없이 등장하는 표현으로 굳어지게 되었으며, 'Janus-faced', 즉 '양면성인, 표리가 있는'이라는 뜻을 지닌 단어로 사전에까지 올라가게 되었다.

에 입학했는데, 아버지의 뜻에 따라 공학을 전공했다가 마음을 바꿔 법학을 공부하였다.

남부럽지 않은 집안에서 곱게 자란 그는 대학에 입학하자, 자신이 자라면서 교육받았던 장로교적인 도덕주의에 반감을 토해내기라도 하듯 하층 계급의 생활에 빠져들었다. 하층민 대상의 유흥장에 출입하기도 하고, 창녀들과도 거리낌 없이 어울리는 등 방탕한 생활을 누렸다.

한편, 방학 때에는 줄곧 친구들과 프랑스로 여행을 다니며 지냈다. 이 여행은 스티븐슨에게 매우 중요한 경험이 되었다. 그의 작가로서의 자산은 바로 이 여행에서 비롯되었다고 해도 과언이 아니기 때문이다. 그의 작품 중 가장 널리 알려진《보물섬》도 바로 여행을 통해 얻은 다양한 경험이 밑바탕이 된 것이다. 그 외에도《내륙 여행》등 다수의 여행기를 집필하였다.

아내 역시 프랑스 여행 중에 만났다. 파리 근처에서 열한 살 연상의 패니 오스본이라는 미국인 유부녀와 사랑에 빠졌고, 미국의 캘리포니아까지 쫓아가서 그녀가 이혼하기를 기다렸다가 결혼에 성공했다.

《은광 채굴자들》,《아마추어 이민자》 등은 이때에 쓴 작품들이다. 1877년부터 잡지에 단편을 기고하기 시작했으며, 1882년 《신판 아라비안나이트》라는 단편집을 발간했다.

한편 그의 문학 세계는 그때 당시 영

스코틀랜드 에든버러 출신의 작가들을 기리기 위해 세운 박물관. 로버트 루이스 스티븐슨과 〈올드 랭 사인〉의 시인으로 유명한 로버트 번스(1759~1796), 《최후의 음유 시인의 노래》,《마미온》,《호수의 여인》의 3대 서사시로 유명한 월터 스콧(1771~1832)의 흔적들이 전시되어 있다.

국의 주류 문학과는 전혀 다른 성격을 지니고 있었다. 심각하고 진지한 당대의 소설들과 달리, 현실과 환상을 결합한 독특한 문학 세계를 형성하고 있었기 때문이다.

1883년에는《보물섬》이 출간되었는데, 이 작품은 어린이 문학의 대표적 작품으로 동서양을 막론하고 독자들에게 꾸준한 사랑을 받았다. 그리고 마침내 1886년 또 다른 대표작《지킬 박사와 하이드》를 발표했다.《보물섬》못지않게 환상적인 요소를 갖추고 있는 이 작품에서 그는 처음으로 정신 분석학적인 내용을 다루었다.

인간의 자아 분열과 이중성 문제를 다룬 작품은 그 후에도 계속 출간되었다.《발란트라이의 주인》,《허미스튼의 웨어》등이 그것이다. 그 시대에는 스티븐슨과 같은 작가들이 심리학자를 대변하고 있다는 평가가 나올 정도로, 그는 인간 내면의 욕망과 심리를 작품 속에 정밀하게 담아내려 애썼다.

말년에는 남태평양의 여러 섬들을 여행했다. 1889년부터는 사모아 섬에 정착해서 살았는데,《허미스튼의 웨어》를 집필하던 도중(1894) 마흔네 살의 젊은 나이로 세상을 떠났다.

부모의 기대로부터, 변호사의 길로부터, 자신이 나고 자란 스코틀랜드로부터 끊임없이 도망치려 했던 스티븐슨은 자신의 그러한 욕망을 작품 속에 고스란히 투영했다. 그리고 이는 인간의 본질에 대한 깊은 탐구와 영원히 궤를 같이하고 있었다.

푸 른 숲
징 검 다 리
클 래 식
0 1 4

지킬 박사와 하이드

첫판   1쇄 펴낸날 2007년 8월 4일
    41쇄 펴낸날 2026년 2월 25일

지은이 로버트 루이스 스티븐슨   **옮긴이** 이미애
펴낸이 조한나
편집 박고은 정예림 강민영
디자인 한승연 성윤정 김혜은
마케팅 문창운 김인진 김은희
회계 양여진 김주연

펴낸곳 (주) 도서출판 푸른숲
출판등록 2003년 12월 17일 제2003-000032호
주소 서울특별시 마포구 토정로 35-1 2층, 우편번호 04083
전화 02) 6392-7871~7874   **팩스** 02) 6392-7875
인스타그램 @psoopjr   **이메일** psoopjr@prunsoop.co.kr
홈페이지 www.prunsoop.co.kr

ⓒ 푸른숲주니어, 2007
ISBN 978-89-7184-731-2 44840
    978-89-7184-464-9 (세트)